說給我的孩子聽系列　**面對人生的10堂課**

說給我的孩子聽系列　**面對人生的10堂課**

面對人生的10堂課

個體與群體

出版序

學校沒有教的事，讓我們說給孩子聽

有好多事，我們想說給孩子聽。

教改實施後，升學壓力仍在，許多家長雖然於心不忍，卻還是得讓孩子面對激烈的學習競爭。「不能輸在起跑點上。」我們常這樣叮嚀孩子，但看到孩子拖著疲累的步伐趕赴學校、補習班，看到孩子的眼神不再有熱情和渴望，對自己失去信心，我們還能說服自己，這一切都是爲他們好嗎？

記得有個朋友曾聊起他的兩個兒子。他的大兒子功課很好，從進小學到畢業，都是第一名；小兒子調皮好動，功課總是吊車尾。他和他太太覺得，上天已經給了他們一個優秀的兒子，如果要求兩個孩子一樣好，那就太貪心了。既然小兒子不是讀書的料，他們對他的教育一向是「快樂就好」，讓他自由參加活動、發展興趣，從不逼他讀書。

上國中後，有一天，小兒子的導師打電話給他：「你兒子的智力測驗全班最高，功課卻很不好，我教書二十多年，從沒見過這種情形。」熱心的導師鼓勵他小兒子讀書，從此成績開始進步，後來考上醫學院，當了醫師。

原來，他小兒子是自覺比不上哥哥才不想唸書。由於父母沒給壓力，他得以自由發展，一直過得很快樂。朋友相信，就算他小兒子功課一直不好，考不上好學校，這種樂觀的態度也會跟著他，使他一生都受益！

聽了這段往事，讓我感觸很深，我想我們做父母的有必要重新思考，什麼樣的教育對孩子最有益？哪些人生建議能眞的幫助他們成長？

其實，教育最初的目的，是幫助一個人了解自己、發展自己，並能在生活中實際參與及互動。讀書考試之外，還有好多我們必須天天面對的事：

金錢——建立正確的金錢觀念，創造價值

時間——培養正確的時間觀念，把握分秒

個體與群體——認同群體，發展自我

溝通與表達——說自己想說的話，與世界相連

興趣與志向——做自己想做的事，發揮所長

身心健康——愛護身體，學習保健之道

生與死——了解生命的價值，體會生命的祝福

邏輯與智慧——提升思考能力，擴展人生格局

對台灣的愛——深化對家鄉的認同與感情

未來生活——展望未來，有自信面對未知的變化

這些事，在教科書裡找不到，考試也不會考，卻與人生幸福息息相關，需要我們說給孩子聽！這些事，就編寫在《說給我的孩子聽——面對人生的10堂課》裡，是您給孩子最好的禮物！每個主題都包含多則小故事，在孩子探索的過程中，您的陪伴將給他們信心，您的分享能減少他們的摸索——每則故事後還附有延伸問答，您和孩子可以輕鬆開啟話匣子，分享彼此的想法。

多麼希望在自己年輕時，也有這樣一套書來說給我們聽，減輕我們人生路上的徬徨與不安。早知道，早幸福，總有一天，孩子也跟我們一樣要面對眞實的世界，相信有了這10堂課，他們對未來會更有信心！

簡志忠

個體與群體

個體與群體

前言

人生不是獨角戲

由《魯賓遜漂流記》一書改編的電影《浩劫重生》，是由知名影星湯姆・漢克飾演男主角。在一次飛機失事後，他大難不死，漂流到荒島上，靠著機艙殘骸中所找到的零星物件，以及就地取材，張羅了食物和飲水，在島上存活下來。日子久了，雖然漸漸習慣沒有文明的獨立生活，他仍設法製作簡陋竹筏，出海航行，希望有機會遇到過往的船隻，重回人類社會。

影片中有一段劇情特別有意思：他在機艙裡找到了一顆排球，一時興起將它裝飾成一個人頭，取名「威爾森」，從此每天對著排球說話。久而久之，這排球成了陪伴他、支持他的重要力量。

這個情節提醒了我們──人的確是群體的動物，即使在獨處的時候，心中還是需要有他人的存在。

大部分的人都是在群體中生活，在我們的心中，隨時隨地有他人的存在。平時我們獨處卻不感到孤單，是因爲我們知道他人雖然不在身邊，卻沒有消失，隨時可以聯繫得到。如果有一天，我們眞的被丟在荒島上無人聞問，甚至放逐到外太空，無邊的孤寂感必會侵蝕心靈，令我們無比受苦。

反過來說，儘管群體能提供支持我們的力量，也有可能與我們產生衝突。事實上，人在群體中，勢必要時常面臨溝通、協調、合作、妥協等情境，既要滿足個體的自我實現，也要追求整個群體的共同利益：

在群體中，我們肯定自己的價值，也認同群體的重要性。

在群體中，我們彼此合作，也給彼此獨立發展的空間。

在群體中，我們用尊重包容的心去看待每個人的獨特之處。

《面對人生的10堂課——個體與群體》就是基於這樣的理念而編輯的。透過三十則生動有趣的小故事，描寫生活中最常見的人我課題，而每則故事之後，更編寫耐人尋味的問答，藉由小朋友和大朋友的對話，提示多元的觀點，也讓親子有延伸討論的空間。

我們想要孩子知道，「他人」就在我們的四周，群體和我們每個人都息息相關。個體和群體不該是對抗、對立的關係，而是透過理性的合作與競爭，共同創造最大的價值。只要培養和群體互動的能力和智慧，相信心手相連的美麗世界必能實現！

感謝詹怡宜小姐、李家同教授、孫越先生，在書中與讀者分享發揮個人力量、關懷特殊群體的體驗和看法。

人不是一座孤島

如果全世界只剩下我一個人，那多無聊！
我又不是幹部，班上少我一個也沒差吧……
自己的生命很可貴，為國家犧牲不可惜嗎？
那些愛搗蛋的同學，真讓人受不了！
少數一定得服從多數嗎？
有錢人家的小孩，是不是都很驕傲？
遇到殘障的朋友，怎麼跟他們相處比較好？

一千多人做的蛋糕

衣食住行，處處都要仰賴他人

幾十年前，台灣還很貧窮，那時小孩子過生日，只有極少數富家子弟才能吃到蛋糕。

我們家不怎麼富，也不怎麼窮，當家裡寬裕一點兒的時候，也能吃到生日蛋糕。不過，媽媽買的蛋糕都很小，切開後，每個人只能吃到一小塊。

在我讀五年級那一年，有一天爸爸對我說：「下星期一是妳的生日，我要買一個一千多人做的蛋糕給妳。」

我聽了高興得不得了，心想：一千多人做的蛋糕應該有圓桌那麼大吧？不，可能更大！我愈想愈高興，只希望時間過得快一點，讓那個大蛋糕早點兒搬進我們家來。

盼著，盼著，我的生日終於到了。這天爸爸提早下班，我一放學回家，

就看到爸爸，也看到餐桌上的一個小蛋糕——和往年一樣小的小蛋糕！

不是說一千多人做的蛋糕嗎？怎麼還是那麼小？我正感到詫異，爸爸開口說話了：

「這就是一千多人做的蛋糕。」

「這就是……？」我幾乎不相信自己的耳朵。

「是的，這就是一千多人做的蛋糕。做蛋糕是不是要用麵粉？妳想想，麵粉廠裡有多少工人？磨麵粉要不要小麥？妳想想，種小麥要多少農夫？種田要不要鋤頭？妳想想，做鋤頭要多少鐵匠？鋤頭是鋼鐵做的，妳想想，鋼鐵廠有多少工人？

「做蛋糕還要用到雞蛋、奶油、葡萄乾……妳想想，這些東西需要多少人去生產？奶油、葡萄乾還是進口的呢！要用輪船運過來。妳想想，一艘輪船要用多少人去建造？……」

「好了！」我打斷爸爸的話：「已經有一千多人了。」

「還不只這些呢！」爸爸繼續說：「做蛋糕要不要用電？要不要烤箱？妳想想，電力公司有多少員工？製造烤箱要用到各種材料，妳想想，這又要多少人去生產？……」

幾十年過去了，隨著年齡的增長，我對爸爸一席話的體會愈來愈深。我們的衣食住行，處處都得仰賴別人，爸爸是藉著一塊蛋糕，要我懂得感恩、惜福啊！

（張之傑）

連一塊蛋糕都需要這麼多人才能做得出來……

我們能舒服安穩的活在世界上，不知要感念多少人。我們的生活要靠這些人的幫忙才能維持，可是我們往往不自覺，把一切看成理所當然。

那魯賓遜呢？他不是一個人在荒島上生活了二十八年嗎？

還記得《魯賓遜漂流記》裡所描述的嗎？魯賓遜漂流到荒島上，靠著破船上的種種工具和材料，才能活得下去。這些工具和材料是由許多人製

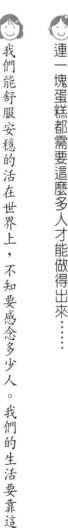

造的，所以魯賓遜並非眞的獨立生存啊！再說，他在荒島上救了一個原住民，有人作伴，就更不能算是孤獨生活了。

意思是說，就算我整天待在家裡不出門，也不能不靠別人？

我們和六十幾億人一起生活在地球上，沒有人能孤獨生活。對活著的人要感念，對死去的人更要感念。科學家牛頓曾說，他是踏在「巨人」的肩膀上，才能建立自己的物理學理論。要是沒有前人的理論基礎，哪能成就牛頓的曠世理論！

連牛頓都這麼謙虛哦？

西諺說：「自大出於無知。」在群體中，個人何等渺小！只有懂得感恩、惜福的人，才會快樂的付出，並從付出中得到更多的快樂。

消化器官吵架

肯定每個人的價值和貢獻

我的母親是護士，小時候她常說故事給我聽，其中我最愛聽的是人體故事「誰最偉大」。

消化道的家族在爭吵，他們爭辯著，誰最有貢獻？誰最偉大？

消化道的家族成員有嘴巴、牙齒、舌頭、食道、胃、小腸、大腸和肛門。有一天，牙齒抱怨：「要不是我每天像部機器似的，爲主人馬不停蹄的工作，主人怎麼會這樣健康快樂！」

與牙齒爲鄰的舌頭，聽了很不服氣，說：「主人吃東西時，我像部水泥攪拌機，把食物和口水均勻的攪和，好讓牙齒輕輕鬆鬆的咀嚼，所以我的功勞才大呢！」

住在樓下的食道，也接著不甘示弱的大叫：「你們兩個沒什麼了不起，

如果有一天我關門停工，你們吃的東西進不了胃，醫生就得給主人插管子灌食了，很痛苦哦！」

他們三個正鬧得不可開交，在一旁不斷蠕動的胃，氣鼓鼓的，抗議著說：「你們的功勞怎麼能和我比？你們只有在主人吃、喝時，才能一顯身手，我可是一天二十四小時、一年三百六十五天都沒得休息！」胃氣咻咻的說完，激動的用力翻滾。

小腸被胃騷擾得怒氣沖天，索性用罷工表示不滿。大腸看到平日和睦相處的家族，竟然爲了爭功勞，吵的吵，鬧的鬧，罷工的罷工，太沒水準了。他挺身出來，勸大家應該知足。

「我每天和一堆身體不要的垃圾爲伍，又臭又髒，若是少了我，主人見了再可口的山珍海味，也食不下嚥。」大腸雖然說了一串大道理，可是大家仍然吵個沒完。

肛門是消化道的最後一個成員，他聽見大家爭吵，也很想加入，可是他覺得用說的，不容易彰顯出他的重要和偉大，於是就默默的罷工了。

第二天，主人覺得身體很不舒服，舌頭不小心被牙齒咬傷，吞食物不

順，胃因爲蠕動太厲害而疼痛不已，想上大號，蹲了很久都解不出來，一整天沒有食欲，肚子脹得坐立難安。

主人只好到醫院去看醫生，經過仔細檢查，醫生開了一些藥給他吃。藥在主人的身體裡起了很大的作用，消化道的家族成員都嚐到了苦藥的滋味，眞不好受！他們想了想，覺得是自己不對，他們太重視自己的功勞，而輕忽了別人的貢獻。經過這次爭吵之後，大家終於體會到，每個成員都有貢獻、也都很重要。

（吳嘉玲）

原來身體的每個器官都互相關聯，彼此影響。

身體就像一部複雜的機器，由無數有用的零件組合起來，共同維持身體的健康，只要有一個出毛病，身體就會不舒服。所以每個器官都很重要，缺一不可。我們在團體裡，就像消化道家族的不同器官，各有各的專長和貢獻，都很重要。

可是，像演戲的時候，不是主角比較重要，配角比較不重要嗎？

在團體裡，常有人覺得某些人比較重要，例如有人覺得班長比較重要。其實雖然班長的角色很突出，對班級常有特殊的貢獻，但他的重要性卻跟其他人一樣。如果班長覺得自己最重要，就會變得自我中心，不尊重其他人。而如果其他人也覺得只有班長重要，自己不重要，覺得「反正有沒有我，也沒什麼差別」，可能就會停止貢獻，自暴自棄，或是刻意「罷工」抗議，這樣都會影響到群體的利益，也會使全體受到傷害。

雖然每個人的貢獻不同，但都很重要囉？

沒錯！許多事情往往要透過團隊合作才能完成，不是任何一個人單獨的貢獻。肯定自己，也尊重別人，讓每個個體各自發揮所長，才能爲團體創造最大的福祉。

我不是當總統的料

在群體中找到自己的位置

一八七九年，愛因斯坦出生在德國西南部古城烏耳姆的一個猶太人家庭。父親開了一家電工設備店，母親是有成就的鋼琴家。愛因斯坦發育得比別人慢，三歲才學會講話，而且看起來反應遲鈍，他的中學教師認爲他以後不會有出息。

沒想到這個反應遲鈍的孩子，後來竟成爲有名的物理學家，他的「相對論」使世人對宇宙有了新的認識，我們常聽到的黑洞、時光旅行、空間彎曲等科學名詞，都是以相對論爲基礎的。

在愛因斯坦那個時代，猶太人是沒有自己的國家的，他們在歐洲受盡其他民族的欺侮。還好，猶太人歷經了許多苦難，終於在第二次世界大戰後建立了屬於自己的國家——以色列。

一九五二年，以色列的首任總統魏斯曼去世了，從國會議員、政府官員到老百姓，都希望當時聲望卓著的愛因斯坦能從美國回到以色列擔任總統。

以色列駐美大使接下了這個遊說的任務，他試探性的打了一通電話給愛因斯坦說：「教授，如果提名您當總統候選人，您願意接受嗎？」

愛因斯坦回說：「大使您別開玩笑了，我哪是當總統的料？對於自然，我是有些了解，然而對於人，我是一點也不了解。」

「已故的魏斯曼總統不也是科學家嗎？他更是您的好友，他做得很好，您一定也可以勝任的。」大使繼續遊說。

「不！我跟魏斯曼不一樣，他行，我不一定行。」

大使還是不放棄，使出最後一招說：「每一個以色列國民，每一個猶太人，都期望您回去領導他們呢！」

愛因斯坦很愛國，聽說同胞對他期望這麼深，心中非常激動。然而再冷靜一想，自己只是個學者，並不是政治家，絕對無法勝任總統的職務，如果勉強去做，反而會給國家與人民帶來傷害。

「我該怎麼辦呢？」愛因斯坦停頓了一下，緩緩說道：「看來，我要讓大

家失望了。」

過了幾天，大使親自拜訪愛因斯坦，交給他一封總理的親筆信。信中寫道：「我已正式提名您爲總統候選人，希望您不要拒絕，以您的學識與聲望，一定能帶給以色列更大的發展。」

愛因斯坦看完信後跟大使說：「我早就說過我不是當總統的料，請您將我的話轉達給總理。」

大使只好失望的回去。

爲了避免再有人來勸說，干擾了自己的研究工作，愛因斯坦隔天在報上發表了一份聲明，正式謝絕擔任以色列總統。

（何南輝）

人人都想贏在人生的起跑點上，好像這樣就能保證未來會成功。其實成功的保證在於讓自己一天比一天進步，就像愛因斯坦，雖然在他小時候沒有人看好他，他後來還是成爲有獨特創見的物理學家。

不過我還是很煩惱，自己不如別人聰明，功課沒有別人好。

每個人都有自己的優缺點，不可能十全十美。就像孔雀很漂亮，叫聲卻不好聽；喜鵲歌聲很悅耳，卻沒有老鷹飛在雲端的雄姿。班上的康樂股長可能很擅長帶動氣氛，但是要他當班長，可能弄得一團糟！反過來，要是讓班長改當康樂股長，可能也做不好。

愛因斯坦有總統還不當，做總統不是比當物理學家更能幫助人？

愛因斯坦對自己的能力和專長很清楚，他選擇在自己擅長的領域裡貢獻，這是一種大智慧的表現。

我還不知道我的能力和專長是什麼。

那就要多嘗試各種經驗，藉此認識自己！擁有空幻的夢想，不如爲自己找對位置。我們的社會是個講求團隊合作的群體，每個人都要找到適合自己的位置。你喜歡打棒球嗎？雖然投手是最受矚目的球員，但如果你不適合當投手，當個盡責的野手也一樣能幫助球隊贏球。許多人無法成功，並不是眞的沒能力，而是把自己放錯位置了！

小玲的決定

堅守崗位，為大我奉獻

「嚴重急性呼吸道症候群」（簡稱SARS）蔓延時，小玲在某醫院婦產科當護士。一天，護士長把婦產科的護士集合起來，向大家宣布：「各位同仁，我們病房要派一個人到SARS病房值班，現在來抽籤決定！」

大家聽了都很緊張，因爲在SARS病房被感染的機率最高，不是已經有好幾名醫護人員因此犧牲了生命嗎？護士長說了一些慰勉大家的話，並宣布她把自己也列入值班名單中，然後開始抽籤。

「爲什麼是我？」嬰兒房的欣惠被抽中了，驚訝的她忍不住痛哭失聲，抗議說：「我不要！我不做了！」

欣惠的反應激起了同仁們內心的恐懼，大家交頭接耳，討論著該不該辭職離開醫院。

「我當護士只是爲了討口飯吃，沒必要送上自己的性命。」一位資深的護士激動的說。

「我兒子才兩歲，我不想讓他變成沒有娘的孩子。」另一位護士接著說。

你一句我一句，說得愈多，大家信心愈動搖。護士長看這樣下去不行，出聲制止：「大家安靜！身爲醫護人員，本來就應該救人性命，怎麼可以在這時候打退堂鼓呢？」護士長問欣惠：「欣惠，妳眞的決定要走嗎？」

還在啜泣的欣惠，猶豫了幾秒鐘後，堅定的點頭：「我決定離開。」

「那麼，我們必須再抽一次籤。」護士長準備抽出另一張紙條。大家想到自己有可能被抽中，情緒又開始緊繃。

「如果抽中我，我也要走！」那位資深的護士說完，好幾個人也跟著附和：「我也是！」「我也是！」

小玲本來心裡一直默默祈禱，希望自己不要被抽中，可是看到眼前大家的反應，她開始有另一種想法：當初自己懷著滿腔熱誠投入護理工作，不正是爲了替病人服務，幫助他們恢復健康嗎？爲什麼現在竟然害怕死亡的威脅呢？她想了想，很快的做了決定。

「護士長！」小玲突然從人群中站出來，「我願意到SARS病房值班。」

在場的人聽了，一時說不出話來。大家都不敢碰SARS病患，小玲怎麼自願去照顧他們？

「如果沒有人在第一線對抗SARS，病毒只會擴散得更快、更廣。」她以溫柔但堅定的語氣對在場的同事說。

就這樣，小玲開始到SARS病房值班，大家雖然戰戰兢兢，但還是打起精神，互相鼓勵。同仁們知道小玲是自願來值班的，都很佩服她，也跟著定下心來照顧病患了。

原本病情很不樂觀的陳伯伯，突然好轉了起來，所有醫護人員都很高興，尤其是小玲。小玲調到婦產科之前，是在心臟科，陳伯伯有心臟病，小玲曾幫他量過血壓、抽過血，所以陳伯伯對她特別有感情。

「小玲，謝謝妳！」當陳伯伯得知自己可以出院時，眼角泛著淚光，向穿著防護衣的小玲道謝。小玲的內心也很激動，想到陳伯伯終於戰勝SARS，多日來的身心煎熬總算一掃而空。她真慶幸自己沒有離開工作崗位，可以跟其他第一線的醫護人員一起成功抗煞！

（吳立萍）

小玲真勇敢，難道她不怕死嗎？

小玲不但敬業，也有無私的奉獻精神，我想她的心裡一定也很害怕，但是爲了大我，她願意冒險犧牲小我。

可是，自己的生命不是也很可貴嗎？為什麼要為社會犧牲奉獻呢？少一個人或多一個人犧牲，應該不會有很大的影響吧！

醫護人員具備專業知識，能幫助病患戰勝疫病。如果醫護人員都只顧慮自身的安危，而不願堅守崗位，那社會怎麼可能打敗疫病呢？願意犧牲奉獻的醫護人員愈少，疫情的控制就會愈困難，因SARS而喪命的人也就會愈多。

還好小玲挺身而出。

其實不只是醫護人員，警察、消防隊員、救難人員、軍人等，都是冒著生命的危險在爲眾人服務，使社會的安全獲得了保障，所以千萬別小看個人的力量！

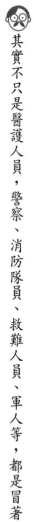

愛唱歌的小惠

貢獻所長，為團體加分

小惠很喜歡唱歌，聽音樂時她總會跟著哼哼唱唱，連搭公車、走在路上，她也喜歡輕輕的哼著歌。她的歌喉眞的不錯，聲音清亮，拍子又抓得準，上音樂課的時候，老師總會叫她上台示範，唱給大家聽。

再過兩個月就是學校二十週年校慶，學校舉辦了一系列活動，其中一項就是歌唱比賽。小惠聽說這個消息時非常興奮，可是等她看到比賽辦法，不禁覺得失望，因爲這是以班級爲單位的合唱比賽，不是獨唱比賽。

每個班級都開始爲選歌、練唱而忙碌著，小惠的班上也不例外。老師挑選了曾經擔任合唱團指揮的小美，負責帶領大家練唱，又請會彈鋼琴的雅玲擔任伴奏。每天放學後，全班留下來練唱一個小時，後來連假日也到學校來練習，只希望能在比賽中獲得好成績。

就在全班興致勃勃的投入練習時，只有一個人悶悶不樂，那就是小惠。她覺得自己美妙的歌聲混在三十幾個同學的聲音中，一點也不出色。更令她懊惱的是，站在她旁邊的阿峰，歌聲像敲破鑼一樣，音量又特別大，還會走音，把她的聲音全都蓋住了。小惠懷疑，是不是小美嫉妒她的好歌喉，故意把她和阿峰排在一起。

小惠本來是個很開朗的女孩，但爲了合唱比賽這件事，她嘴上不說，不滿卻全寫在臉上，而且排練的時候總是無精打采，甚至只動嘴，卻不發出聲音，因爲她心裡想：「反正我的聲音被大家淹沒掉了，有沒有出聲都無所謂。」

這一天，放學之後，大家留在教室裡排練，小惠照舊愁眉苦臉的站在隊伍裡，打算跟往常一樣，動動嘴巴就好。沒想到這時小美突然宣布，要在合唱曲中穿插一段簡短的獨唱。說到獨唱，大家都認爲小惠是最適合的人選，所以一致推舉小惠。

小惠聽了還眞有點不知所措，不過在同學們熱烈的鼓勵之下，她開心的接下了這個任務。在合唱的時候，她和每個同學一樣認眞；輪到她獨唱的時候，她更加賣力表現。

到了比賽那一天，小惠她們班表現得非常好，獨唱讓整首曲子更有特色了。當校長宣布她們班獲得第一名，大家開心得又叫又跳，小惠也感到非常光榮，她心裡想：「還好當初沒有負氣退出比賽，否則就不能和大家一起分享勝利的果實了！」

（吳立萍）

是不是因為有小惠的獨唱，她的班級才能得到第一名？

小惠的獨唱的確爲團體的表現加分了，她有功勞，不過其他人的表現也一樣重要。得到第一名，是全體同學共同努力的成果。這次小惠在團體裡是配角，全班同學共同的表現才是主角。

還好小惠沒有一直生悶氣。其實她可以找老師或小美談，表達自己的心情，也可以毛遂自薦擔當獨唱的重任。

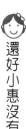

沒錯！她也可以自告奮勇教大家唱歌，改善阿峰的破鑼嗓子啊！生悶氣不是解決問題的辦法。

如果她不說，別人只看她臭著一張臉，根本不知道發生了什麼事。

話說回來，在班級裡，有些人表現得比較突出，例如功課很好、跑步很快、很會演講，大家可以支持、鼓勵他們，因爲他們優秀的表現，常常替團體爭取了榮譽。

他們自己出風頭，跟團體有什麼關係呢？

個人當然需要團體的支持才會不斷成長、進步，如果沒有團體，掌聲要從哪裡來呢？

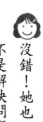

我們班上的「細菌」

只要給機會，人人都能有貢獻

國中二年級上學期，我們班轉來一個轉學生，名叫李希進，不過不到半個月，他就贏得一個難聽的外號——「細菌」。

李希進被叫成細菌，除了諧音，還和他的行爲有關。李希進長得又高又壯，比多數同學高出半個頭。記得他來的第一天，就對男同學吹噓自己有多厲害，說什麼連高中生都打不過他；又對女同學吹噓，說自己長得帥，有很多女生喜歡他。總之，他一來到我們班，就處處惹人厭，成爲名副其實的「細菌」。

李希進的爸爸是個水泥匠，他們家經常隨著工程的需要而搬遷，很少在一個地方住上一年。李希進一再轉學，這次他算是交了「厄運」，鬼使神差的轉到我們班上來。

我們學校規模不大，但女子跆拳隊曾經多次得到全國國中組的金牌，男子籃球隊也曾得過全縣國中聯賽亞軍。我們班有四個女生入選跆拳隊、兩個男生入選籃球隊。我們導師劉老師，就是跆拳隊和籃球隊的雙料教練。

每天放學後，跆拳隊和籃球隊都會留下來練習。女子跆拳隊員們配合著有力的吼聲，打得虎虎生風。李希進走近前看，連說她們花拳繡腿。有人勸他小聲點，以免被劉老師聽到，他反而更大聲的說：「聽到又怎樣？眞打起來，有個屁用！」

李希進的話，果然被劉老師聽到了。劉老師把他叫住，以平和的語調說：「李希進，從明天起，你也來練習吧！」

俗語說：「拳不離手，曲不離口。」沒有扎實的基本功，哪能練好拳術？李希進沒耐心練拳，卻一心想找人對打，結果被我們班上的王麗玲一個旋踢，當場四腳朝天。事後王麗玲對我說，那天她對「細菌」手下留情，「要是踢得再高一些，他就有得受了。」

李希進會打一點籃球，但從沒認眞練過，只憑自己塊頭大，能衝、能闖，就以爲自己打得不錯，可是當他和訓練有素的校隊一起練習時，就成爲一無是處的傻大個兒。

就這樣，李希進被活活的「整」了一個星期，最後只好向劉老師告饒。

記得班會時，劉老師當著大家的面對李希進說：「許多同學對我說，我們班上來了一個細菌。李希進！你希望當班上的細菌嗎？」

李希進低著頭，默不作聲。劉老師繼續說：「不願當細菌，你就好好練球吧！你的體型不錯，只要好好練，一定可以出人頭地。」

在劉老師的督促下，李希進開始把精力用到籃球上，不到三個月，他眞的被選進校隊。從此，李希進不再是人見人厭的「細菌」，反而成爲一些同學的偶像呢！

（張之傑）

細菌、細菌，細菌就是病原體嘛！我們班上也有一些細菌。

是嗎？你們班上的細菌做了什麼「好事」？

這些人愛搗蛋、愛嬉鬧，上課的時候拚命講話，擾亂秩序，掃除的時候又不認真打掃，有時還捉弄弱小的同學！

這樣的人的確滿惹人厭，他們是不是都沒有貢獻，還成爲害群之馬？

也不能這麼說啦！有些同學的運動細胞特別好，跑得快，跳得高，班際比賽的時候，都是靠他們才贏得獎牌！

那他們到底算不算害群之馬呢？

這個嘛，看在什麼情況下囉！說實在的，他們有時候還滿有兩下子的。

所以說，細菌並不是眞的細菌，只是比較不一樣，他們會給群體惹來麻煩，但也能爲群體貢獻。每個人都有長處，如果群體能讓不同長處的人都有機會發揮，不但能使群體獲益，也讓每個人都受到肯定。

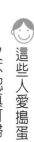

當然，個體也要尊重群體，管好自己，不要做危害群體的事，例如不要因爲貪玩就不把掃除工作做好，或上課時在教室裡喧嘩，使其他同學不能專心聽講。

好吧，我承認班上這些細菌沒那麼毒，他們也很重要。至少，沒有他們在的時候，日子還真是無聊呢！

被冷落的皮業進

尊重群體的共識

皮業進坐在空蕩蕩的教室裡，獨自望著操場上的同學在打球。這樣的情形已經不只一次了。半個小時過去，小皮的雙眼愈來愈迷濛，意識彷彿進入外太空。

「皮業進！」

一陣好像由曠野傳來的叫聲，驚擾著他。他揉揉雙眼，擦擦嘴邊的口水，看到導師王秀娟站在眼前，他趕緊站了起來。

「爲什麼沒有和同學一起打球呢？」王老師柔聲的問。

「我……我不想打。」

經王老師耐心詢問，才了解眞相。原來自從上個月班際繪畫比賽之後，皮業進就被同學孤立了。

「他們……他們說我不應該沒改顏色就把作品交出去，說我愛……愛出風頭，只爲了自己……」

皮業進說到這裡，很委屈的哭了起來，繼續說：

「我哪有啊？我……我只是覺得我畫的顏色很好看，沒有必要改嘛！所以就直接交出去了。哪……哪知道他們說，我害大家沒得獎，還罵我是……是害群之馬，大家都不理我了。哼，有什麼了不起！我也不稀罕跟他們……他們在一起……」

王老師向皮業進解釋，班際繪畫比賽是強調全班共同創作，全班同學好不容易討論好，挑定繪畫的底色，來表現整個班級的特色，負責上色的同學就應該遵守。

「可是……難道爲了表現全班的整體性，就一定要我改畫嗎？也不管我畫得好不好？」

「問題不在於你畫得好不好，而是在於你對群體尊不尊重。人人想做先鋒兵，軍隊就會潰不成軍。如果每位同學都像你一樣，堅持使用自己的顏色，全班的整體感能顯出來嗎？」

王老師還強調，不止班級這樣，任何的團體、社會甚至國家也是這樣，有時候爲了顧全多數人的利益，或爲了使整體團結，必須放下某些個人的意見或利益，否則爭端永難停止。

「你如果有意見，應該要提出來和大家討論，爭取同學們的支持。如果最後大家的決定還是沒變，你就要遵守這個決定去做才對。你總不希望做個扯後腿的人吧？」

皮業進沒說話。

王老師誇讚皮業進畫得很不錯，其實即使換了底色，還有很多表現的空間。「難道你對你的繪畫沒信心？」

「當然不是。」

如果考慮到這點，其實就可以兩面兼顧了。

（張玲霞）

這麼一來，個人在群體裡好像沒什麼自我，也沒什麼重要性了？

整個班級的光芒，其實是集各個同學的小光芒而成的，每個同學不管光芒有多小，都是全班的一部分，也都很重要。對於班級的共同事務，應該從班級的整體利益來考量。個人在整體裡還是有機會表現自我的，但必須以不妨礙整體爲前提。

萬一和皮業進有相同看法的人也不少，該聽誰的？

班級的事務，應該由全班同學共同來討論，當然，如果意見分歧，分成兩派或甚至多派，每派互不相讓，那就很容易起衝突。這時不妨採用「少數服從多數、多數尊重少數」的原則，可以和平的達成共識。有了共識之後，大家都應該尊重並且遵守。

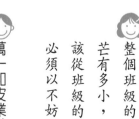

如果有同學像皮業進一樣，就是不想犧牲呢？

個人的特色和自由固然重要，但在團體裡，就要與群體融合，學習尊重其他人的意見，必要的時候，也要學會妥協。

皮業進不尊重全班的決定，執意用自己的方法完成作品，這種「一意孤行」的做法，讓班上同學覺得不被尊重，因此才會對他冷落和批評。在社會上，這樣的做法有時還會受到法律的制裁呢！

「公主」吳娟娟

用平常心看待每個人

六年五班的吳娟娟人長得漂亮，才藝和體育也嚇嚇叫，還是一家知名企業董事長的掌上明珠。所以，大家私底下都稱呼她爲「公主」。

不過「公主」最近卻一反常態，無精打采，上課時也常常不專心，若有所思，導師郭老師發現不對勁，於是私下找她談。

「吳娟娟，妳是不是有什麼心事？」

「我……同學們都不喜歡我。」吳娟娟難過的說。原來娟娟好幾次無意間聽到有同學批評她是「有錢的嬌嬌女」，還說她「功課那麼好，一定是有錢的老爸請家教幫她惡補的！」文靜害羞的吳娟娟，眞是百口莫辯。

郭老師覺得很奇怪，吳娟娟平時雖然很少和同學交談，但也沒見她跟人發生衝突，同學對吳娟娟的不滿究竟來自何處？爲了把事情搞清楚，郭老師

找來綽號「管家婆」的張秀勤詢問。

「她因爲家裡有錢，所以都不理人呢！」管家婆一臉不屑的說。

郭老師了解狀況後，想了個法子。

「同學們，這次段考全班表現優異，所以下星期天我們去烤肉慶祝吧！」

郭老師突如其來的宣布，讓全班同學興奮得又叫又跳，不過接下來的工作分配卻讓人大吃一驚。

「什麼？『公主』竟然負責升火！有沒有搞錯？」議論聲悄悄的在同學之間散播。

烤肉會如期舉行了，就在其他組同學搞得灰頭土臉，仍不見火苗時，吳娟娟已經熟練的將火升起，並且迅速的把肉平鋪在烤肉架上。

「哇，妳怎麼這麼厲害，連升火都會？」管家婆忍不住開口問。

「爸媽有空會帶我去露營，升火都是我負責的。」吳娟娟靦腆的說。

「我還以爲有錢人只會去逛百貨公司『血拼』呢！」管家婆比了一個誇張的手勢。

不一會兒，肉烤得差不多了，男同學起鬨要女生煮一鍋玉米濃湯，但是女同學個個忙著吃，沒人願意接這等苦差事。此時，吳娟娟卻自告奮勇動起手來，一鍋香噴噴的濃湯不久後便在驚呼聲中上場，一會兒工夫就杯盤見底。接下來的說笑話接力，吳娟娟編了一個不怎麼好笑的笑話，不過，還是有人給予掌聲。

「沒想到妳也會煮東西。」三、五個女同學圍在吳娟娟旁邊說，「連續劇裡的富家千金，不都過著茶來伸手、使喚僕人的日子嗎？」

「因爲爸媽都忙，我也要自己學會做飯。」

「眞的嗎？那比我還慘，我只要幫我媽洗碗就行了。」

「我忍了好久一直想問妳，」心直口快的「大牛」突然插話，「妳好酷哦，平常爲什麼都不理人？」

吳娟娟楞了一下，才說：「我怕說錯話，所以……」

這時大家才明白，原來「公主」並不是驕傲、瞧不起大家，也沒想像中那麼嬌弱。

一旁的郭老師看到同學們的互動，覺得很欣慰。他的策略奏效了，相信這會是同學扭轉成見的開始。

（王一婷）

其實有錢人和平常人沒什麼兩樣，每個人的成長環境本來就不同，交朋友時以平常心相處就可以了。如果一直注意對方的家世或外表條件，反而會不自在呢！

我聽說獨生女或獨生子因為集「三千寵愛於一身」，所以比一般人驕縱，也比較依賴父母。

這並不是絕對的。現在有許多小家庭只生養兩個孩子，只生一個的也不少，每個孩子都是爸媽的寶貝，當然很疼愛，但只要有適當的引導和教育，不管是不是獨生子女，都能養成獨立又合群的人格。

其實我覺得吳娟娟人很和氣，也很渴望和大家做好朋友，只是她比較不會表達罷了。

是啊，多多認識不同的朋友，不是很有趣嗎？如果有人誤會我們，我們一定會很難受；同樣的道理，在還沒眞正認識一個人之前，最好不要給人「貼標籤」，輕易就認定對方的爲人。如果先戴著有色眼鏡看待他人，說不定會因此錯失交到好朋友的機會呢！

停電時間

接受和自己不同的人

小琪是英君認識的第一個盲人，英君是在社區開辦的音樂課認識她的，不過她們兩個人不算是朋友，因爲她們還沒有說過話。

每個星期六下午，小琪的媽媽會帶她來上課，英君從來沒有接近過她，因爲她不知道要跟小琪說什麼。

有一天，老師示範過新的曲子後，將大家分成小組練習，英君、小琪和建勝被分在同一組，這是英君第一次和小琪同組。

「妳是英君哦？」三個人找好座位坐下來時，小琪說：「妳就是上次測驗時成績最好的那個英君！」

英君沒想到小琪居然記得她的名字。和小琪一起練習，英君發現她除了看不見，好像也沒什麼不同。快下課的時候，小琪小聲的對英君說：「等一下可以麻煩妳，帶我到樓下等我媽媽嗎？」

「好啊！」

老師宣布下課後，全班十幾個人陸陸續續離開了教室，最後剩下英君和小琪。英君等她慢慢收好東西，然後伸手扶著站起來的小琪，兩個人慢慢的走出教室。

「哎喲！」小琪踢到門檻。「我忘了告訴妳，如果遇到門檻，或是上下樓梯，妳可要提醒我一下哦！」

「哦，我知道了。」

她們走到電梯前，咦，按鈕旁邊貼了一張「電梯故障」的告示，奇怪了，今天來上課的時候還是好的啊！

「那我們走樓梯吧！」英君挽著小琪下樓，可是她不習慣走路的時候還要幫小琪注意高高低低，而且自己本來就有點粗心。

「哎喲！」還好英君的手一直挽著小琪，拉住了她，否則小琪可能要跌下樓梯了。

「妳怎麼不告訴我階梯到了呢？」小琪站穩了之後，抱怨了一下。

「我忘了嘛！」英君知道是自己粗心，但聽到抱怨，覺得很不高興。「誰教妳看不見！」

話才說完，英君覺得自己好像太過份了，但是不知道該怎麼道歉，只好繼續帶小琪往下走。

「我不是自己要看不見的。」小琪沉默了一會兒，平靜的說。

就在這時，大樓不知爲什麼突然停電了，樓梯間變得一片漆黑。

「停電了！好黑哦！」英君很緊張，她站住不動，不知道該怎麼辦。

「英君別擔心，」小琪不慌不忙的安慰她，「我每天都停電，已經習慣了。我教妳，妳扶著扶手，我們手牽手一起走，慢慢走，沒問題的。」

兩人在黑暗的樓梯間慢步向下，英君雖然很不習慣，不過好像也不是那麼可怕。而且大樓的緊急照明燈也亮了，雖然光線很微弱，但已經可以看見階梯了。

才短短的一分鐘，英君就體會到眼睛看不見的感覺。她心想，原來小琪的世界是這樣。她覺得自己有點懂了。

（郭霞恩）

在我們生活的週遭，例如鄰居、同班同學，一定會有跟我們很不一樣的人。跟不同的人做朋友，可以讓自己的人生更豐富，而且也會更懂得包容別人。

可是我不知道要怎麼跟那些人相處。

遇到跟我們不一樣的人，我們常常會有排斥心，不想接近對方，這是爲什麼呢？因爲彼此不了解，會產生莫名的恐懼或猜疑，例如覺得對方有惡意，或覺得對方很怪異。可是愈不去接近，就愈不了解，也就愈覺得對方很奇怪。

其實有很多誤解都是自己想出來的，實際和對方相處之後，才能眞的認識對方。

我為什麼一定要跟他們做朋友呢？

沒有人規定你一定要跟誰做朋友。你有權利選擇自己的朋友。唯一的建議是，不要因爲別人跟你不一樣，就不肯去認識他們。要知道，當自己的排斥心愈強，能結交的朋友就愈少，久而久之，都只跟相似的朋友來往，那不是很無聊嗎？

說的也是。

美美的紅胎記

每個人都是獨特的

「只因爲長得和別人不一樣，就該倒楣受罪嗎？」美美嘟著嘴，狠狠盯著坐在前排和左排的同學，不服氣的想著。

開學的第一天，美美拖著沉重的步伐，萬般不情願的踏進四年級的新教室。她低著頭，眼睛看著地板，直直的走到第一排最後一個座位，一屁股坐下後，就趴在桌上，動也不動，直到老師走進教室上課，才抬起頭來。

「妳的臉怎麼了？」美美知道，只要一抬起頭，同學就會對她指指點點、東問西問，這個困擾從上小學的第一天到現在都沒有改變。美美始終受不了別人在大庭廣眾之下問她這個尷尬的問題——那就是臉上大大的、紅紅的、洗也洗不掉的胎記。

美美還記得，第一次有同學帶著恐懼的眼神，問到她臉上的胎記時，她

竟忍不住哭了起來。後來，她甚至敏感得只要聽到有人說「胎記」這兩個字，心情就會頓時沉入谷底，整天都不快樂。美美總是用冷漠和不屑的表情來回應同學們的好奇。她知道這麼做一定會交不到朋友，但是，這總比聽他們一再提醒自己是與眾不同的，要輕鬆得多！

每當美美看到同學們三五成群到操場上玩遊戲時，她總是躲在角落，安慰著自己：「沒什麼了不起，我也不想有朋友！」

一如往常，當美美又看到好幾個同學正望向自己時，就知道該怎麼做了。她狠狠的瞪了大家好幾眼，正想轉頭跑開時，其中一位同學王小玲跑上前來，拉住她的手，怯生生的拿出一個小瓶子說：「這是我媽媽美白用的乳液，我想一定可以去除妳臉上那塊紅紅的東西！」

「妳是不是晒傷了，才會紅紅的？」

一個接一個問題，在耳邊響起。美美握著手中的小瓶子，看著眼前那些交雜著好奇和關心的面孔，眼角湧出了淚水。

這一次她選擇不再躲避，因爲她從同學的眼中感覺到被關心。

哎，那只不過是一塊「紅胎記」，沒什麼大不了的吧！

（許玉敏）

美美很討厭別人問起她的紅胎記。

美美從小就被自己臉上的紅胎記困擾著，同學們的好奇和追問，總讓她很不舒服，於是她便遠離人群，不讓人靠近，甚至用帶著敵意的眼神「武裝」自己，這樣就沒有人可以刺傷她了。

但這並不是個好方法。你看，經過小學三年多的時間，美美不但逃不過好奇的眼神，也變得孤獨、敏感又脆弱，而且不快樂。

其實有時候同學們並沒有惡意。

當美美看到同學送她的美白乳液時，她突然明白，同學們除了好奇，也是想關心她。這是她站在別人立場設想時才發現的。於是她決定打開心房，接納友情，讓自己更快樂。

如果我是美美，一定也會擔心被人嘲笑或批評。

有些困擾可能不容易完全解決，但不妨找師長談談，說出心裡的困擾，請他們給予建議和支持。

面對無法改變的事，雖然會覺得無奈和遺憾，但如果能學習面對、轉換心情，接受「我就是跟別人不一樣」，往往一切就會不一樣了。

詹怡宜

談媒體影響力

專心去做一件事，就會產生影響力

（李美綾）

詹怡宜，台大政治學系畢業，美國芝加哥大學公共政策碩士。曾任報社編譯、記者，及電視台記者、主播、製作人，曾以「大河戀」系列報導獲得二〇〇〇年金鐘獎新聞採訪獎，現任TVBS電視台新聞部副總編輯。著有《一步一腳印，發現新台灣》（圓神出版）。

圖片提供／詹怡宜

每天發生的大小事有很多，新聞台如何決定要報導哪些內容？

其實新聞的選擇有客觀的判斷標準，也就是所謂的新聞性——影響的範圍有多大。通常全國性的、會影響每個人權益的新聞，是比較重要的，例如前一陣子的重組牛肉事件，因為那是每個人都有可能吃到的。

不過，電視台還有收視率的考量，像八卦、緋聞，因為具有娛樂效果，收視率高，所以很容易被擴大報導。有許多人批評媒體太注重收視率，但是電視台有商業的考量，收視率會影響廣告多寡、影響營收，所以無可避免的會去迎合觀眾的口味。只是現在這種現象太嚴重了，電視台往往只關心觀眾愛什麼，卻不思考到底應該給觀眾什麼。

雖然收視率和廣告很重要，但在公司的支持下，我們希望能在新聞之外，製作不太一樣的節目，這就是《一步一腳印，發現新台灣》這個節目的源起，我們也找到認同這個節目的廣告客戶，願意支持我們，讓我們可以做自己認為好的節目。

在《一步一腳印，發現新台灣》節目中，看到不少人是以自己個人的力量，去影響週遭的人或整個社區，您認為這些人有什麼共同的特質？

在選擇報導題材時，我們會先看這個人物是否有我們認爲值得鼓勵的特質，例如有新台灣的精神，然而在實際採訪過程中，往往會發現更多，受到更大的感動。我所採訪的人物，可以說都是小人物，跟我們普通人都一樣，他們做的其實並不是什麼大事，但因爲很執著、很專注的在做，就會在自己能力所及的範圍內發揮影響力。這讓我想到「勿以善小而不爲」這句話。

當然其中也有一些人的作爲超乎常人，眞的是全心投入。例如在基隆有個「赤腳老鷹」沈振中，他原來是生物老師，但是受到珍古德的啓發，感覺自己的工作只是在解剖青蛙、殺生而已，於是辭掉工作，家當都送人，專心去追蹤老鷹，記錄老鷹的生態，而且立志做二十年。在一般人眼中他是個怪人，像他這樣會有什麼成就感呢？他說：「只要專心做一件事就對了。」這給我很大的啓發。

剛好我那一陣子做節目做得很累、很煩，每個星期趕著寫稿、採訪、製作節目，還要擔心收視率，擔心別人的眼光，但採訪過這個人之後，我也受到他的感染，覺得我要做的就是很單純的把自己的感動呈現出來。當這個目標清楚後，我覺得豁然開朗，工作忙碌、收視率、別人的眼光，都不再那麼重要了，因爲我相信藉由我的報導，一定可以感染到某些觀眾，造成小小的影響力。

您自己曾感受到媒體的影響力？

媒體的影響力是有的。我記得去採訪新店坪林的護溪行動，他們就是在電視上看到達娜伊谷護溪的成效，主動組團南下去見習，然後展開護溪行動。媒體報導影響了他們，使他們開始改造自己的環境，而現在我們把他們報導出來，或許會進一步影響到更多人。

另一個讓我印象深刻的是一則故事屋的報導。張大光先生本來是唱片公司的企劃經理，很喜歡說故事給孩子聽，曾立志在退休後開一家說故事的店。後來因爲工作遇到瓶頸，他開始想，爲什麼一定要等到退休才能實現理想呢？於是三十幾歲的他開了一家故事屋，故事屋裡有特別請插畫家畫的超大尺寸故事書，每個月更新，而且設計各種道具來輔助，結果孩子和家長都聽得很入迷。

這個故事報導後，有一次故事屋主人寄卡片給我，上面有全體員工的合照，我發現他們多了一位員工，而且看起來很面熟。原來，那個女生曾當過氣象主播，她是在看了我的報導後，主動到故事屋應徵，成爲說故事的人！

有些人會模仿公衆人物，媒體是怎麼看待負面模仿行為，例如自殺或減肥？

媒體的正面和負面影響都是存在的，有時眞的很難評估它的影響有多大。我認識一對夫妻，那個太太有憂鬱症，在陳寶蓮跳樓自殺、新聞報導出來的當天晚上，她也跳樓自殺了！這讓我很震撼，因爲是自己的朋友自殺，我才眞的感覺到媒體的影響力是這麼強！現在每次和同事在討論自殺新聞的報導應該如何拿捏尺寸時，我都會想到這個朋友，想到不知道自己的報導會影響多少人。

肯定自己，認同群體

現在明星都流行減肥，我也想跟進！

男生是不是都喜歡瘦瘦的女生？

不唸大學，以後能做什麼呢？

好手好腳的人才有機會成功嗎？

雖然不贊成別人的意見，可是我不好意思說出來。

當著眾人面前發表意見，我會很緊張……

都怪男生捉弄女生，女生才會跟老師告狀！

日記本竊賊

群體力量大，輿論能殺人

秀玉是我國小時的好朋友，上了國中之後，雖然我們不同班，也很少見面，但還是好朋友。

上星期四午休的時候，曉雲來找我：「聽說昨天晚上秀玉在文具店偷了一本日記本，當場被抓到！」我聽了很驚訝，這怎麼可能呢？沒想到美惠也附和說：「我聽說她媽媽一直哀求老闆不要報警、不要跟學校講，事情才沒有鬧大。」

我問她們怎麼知道的？美惠說：「是王志豪說他親眼看見的，他剛好在文具店裡買遊戲卡。」

我開始替秀玉擔心起來，於是下午就去找她問個明白。秀玉向我解釋這是誤會，她是忘記付錢，王志豪只看見前半段而已。

「原來是這樣。」我安慰她說：「秀玉，我知道妳不會偷東西的。」秀玉笑了笑，看起來好像放心了一些。

但是接下來幾天，關於秀玉變壞的傳聞卻愈來愈多了，剛開始是偷日記本，接著又有人說她抽菸、喝酒、翹課和打架。我覺得秀玉不是這種人，可是有這麼多的傳聞，難不成有幾件是眞的？

昨天下午，美惠過來跟我說：「李秀玉要休學了。」她說是在公布欄上看到的消息。如果那些傳聞是眞的，那秀玉要休學也不令人意外。

「妳現在沒跟李秀玉在一起了吧？」曉雲好像在暗示我：「如果妳還繼續跟她在一起，可能會失去一些朋友哦！」

我問爲什麼，美惠說：「因爲跟李秀玉這種人在一起，可能會被帶壞啊！」我聽了很驚訝。

「李秀玉說妳是她的好朋友。」曉雲說。

「那是在國小的時候啦！」我急忙說。我突然覺得自己好像在撇清跟秀玉的關係，我怎麼這樣呢？秀玉又怎麼會變成這個樣子？

放學後，我在校門口等媽媽來接，看見秀玉跟她爸爸一起走出來，她跑過來找我：「美蘭，我要休學了。」

我看到有好幾個人在看我們，所以緊張的回答她：「我知道。」「我要回彰化外婆家上學。」秀玉一臉憂愁，「我們還是好朋友吧？」

我不敢直接回答。

秀玉又說：「我眞的沒偷日記本，妳相信我吧？」秀玉難過的說：「大家都說我是小偷、壞學生，沒有人要跟我做朋友。美蘭，妳也是這樣想的，對不對？」

「我……我沒有啊！」我猶豫的說。

「爲什麼我沒做過的事情大家還要一直講？既然大家都這樣講，我就做給大家看！」

秀玉把她脖子上的項鍊拿下來給我，說：「這個給妳做紀念。再見。」

在那一瞬間，我脫口而出：「我相信妳！」

秀玉的臉上有一種放心的表情，她很快的跟著爸爸離開，我還來不及跟她說什麼，她就走了。

（吳書綺）

美蘭是秀玉的好朋友，應該要相信秀玉才對。可是聽到這麼多傳聞之後，她也不敢肯定秀玉到底有沒有做那些事。

秀玉到底有沒有做那些事，我們並不清楚。我們可以抱著開放的態度去找出眞相，但不應該聽信傳言，隨意給秀玉下判決，說她一定有或沒有偷東西。

如果大家一直說秀玉做壞事，就算她本來是無辜的，也會因爲別人的否定而自暴自棄！人與人之間的信任是很重要的，在有足夠的證據之前，不應該隨便懷疑甚至咬定別人做了什麼壞事，因爲這是很大的傷害。

可是，是非很難分，感覺有這麼多傳聞，總不可能都是假的吧？

傳聞多不表示就一定是對的。「人云亦云」是人的通病，聽到事情常常沒有多想，也不確實求證，就當成事實，甚至再將它傳播出去，結果不但可能顛倒是非，還會造成難以彌補的傷害。

看來那些傳聞會害了秀玉！

如果我們是秀玉，我們一定也不希望別人冤枉我們，使我們爲了自己沒做過的事情付出慘痛的代價。所以對於聽來的消息，千萬不要輕率的評論、加油添醋，否則可能因此使別人的名譽受損，而一旦名譽受損就很難恢復清白了。

神啊！請讓我變瘦吧！

媒體的影響力無所不在

向來被全班公認是「健康寶寶」的李明如居然在朝會上腹痛如絞，差點暈了過去！同學們簡直嚇壞了，手忙腳亂的把她送到醫院。經醫生診斷，發現明如得了急性腎臟炎，必須住院觀察幾天。

「明如，妳一向是『頭好壯壯』型的，怎麼會突然生病了？」班長李莘亮代表全班致送慰問水果時，忍不住問道。

「嗯……其實，都是減肥惹的禍啦！」明如虛弱的嘆了口氣，緩緩的道出這兩個月的「減肥大作戰」。

原來明如的死黨庭玲、月華最近都迷上了偶像蔡依林。

「她的穿著好正點哦！」

「蔡依林在記者會上穿的低腰牛仔褲搭配露肚短上衣，夠酷！」下課後庭玲興奮的描述著昨天電視節目裡的專訪。

「聽說蔡依林爲了上鏡頭看起來更漂亮，從四十六公斤減成三十九公斤哦！」庭玲說，「哪像我們身上肥油太多，難看死了，一定要減肥才行。」

她們三個人綜合看電視的心得，發現時下很多女明星都在減肥，聽起來好像迅速又有效。

「瘦一點，才有本錢穿低腰褲。」月華說，「那些明星用的減肥法，絕對比跑步運動瘦得更快，而且也輕鬆得多！」三人躍躍欲試，決定用兩個月的時間，達成向偶像看齊的目標，而且爲了避免半途而廢，到時候體重減最少的人，還要請其他人看電影。

明如看到第四台標榜「兩星期保證瘦二十公斤」的廣告，主持人說得活靈活現，讓她很心動，於是她拿省下的零用錢訂購了一整組「穿越時空瘦身膠囊」；庭玲和月華則是效法偶像，一天只吃一餐。一星期、兩星期、三星期過去了，月華和庭玲受不了饑腸轆轆的折磨，又陸續仿照電視上的「獨門祕訣」，試過喝水減肥法、OK繃減肥法、蘋果減肥法……，只有明如「以不變應萬變」，每天減肥藥吃不停，結果……

「結果就是來醫院報到囉！」副班長吳欣欣恍然大悟，「難怪這陣子老是看妳臉色蒼白，上課無精打采，月華上次體能測驗還差點不及格呢！」

「沒錯，庭玲最近也常抱怨胃不舒服，不過最慘的還是我啦。」明如說：「醫生說吃減肥藥可能使腎臟負荷過重，甚至導致死亡。真沒想到後果會這麼嚴重！只是，說不定這次住院我又可以多瘦幾公斤……」

「拜託！」李莘亮和吳欣欣立刻異口同聲的說，「妳實在是中『減肥毒』太深了！」

（王一婷）

女生都愛漂亮嘛！我每次看到電視上青春偶像纖細的身材，就會幻想如果能像她們一樣該有多好，有時也會有衝動想減肥。

身材好當然是人人羨慕囉！肥胖會造成身體負擔，是健康的隱形殺手。但是過瘦也不見得好看，而且爲了快速瘦下來而斷食，或者服用來路不明的減肥藥，都會對身體造成不小的傷害。

男生是不是都喜歡瘦瘦的女生？

其實也不一定，就像有人喜歡穿色彩鮮豔的衣服，有人卻偏愛黑白色系一樣。美女也有很多類型，如果老是跟隨流行走，反而會失去自己的特色。而且老是擔心自己胖，心情會不好，怎麼美得起來？

我不喜歡別人說我胖！

可能連我們自己都沒注意到，媒體和大眾的看法對我們的影響力有多大，其實眾人認爲對的事，不見得就是眞相。體重在正常範圍內是不需要減肥的，媒體或廣告往往刻意營造「瘦便是美」的假象，誤導整個社會的審美觀。

媒體的影響力已經滲入生活的各層面，我們要做個聰明的閱聽人，小心明辨，才不會被別人的意見牽著走！

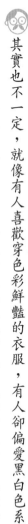

綠襯衫、黑裙子

標準是群體塑造出來的

奶奶是高中美術老師，退休後在家開繪畫班，教社區的學生畫國畫和水彩畫。暑假時，媽媽看我沒事，就叫我住在奶奶家，跟她學畫。

奶奶先教我調顏色，她說大紅、大綠太搶眼，要調成柔和的中間色才好看。奶奶正說著，我發現斜對面正好坐著一位北一女學生，正在臨摹一幅仕女圖，她穿黑裙子、綠襯衫，我小聲的對奶奶說：

「我懂了，那位北一女姐姐的制服就是大黑、大綠，的確不怎麼好看。」

奶奶抬起頭來，眼裡閃爍著老年人少有的光芒。她走到那位北一女姐姐的面前，輕聲對她說：「我要給我孫子說個故事，妳也來聽聽吧！」

奶奶把我們帶到客廳，我們一坐下來，她就對那位北一女姐姐說：

「我也是北一女畢業的，我也穿過妳這身綠制服。」

奶奶已經六十歲，她讀北一女應該是四十多年前的事了，我正數算著，奶奶接著說：

「以色彩學來說，這身制服的確不怎麼好看，可是當年我卻覺得這是世界上最漂亮的顏色。爲了能穿黑裙子、綠襯衫，我參加過三次高中聯考！

「初中（後來稱爲國中）時，我一直是班上的前三名，認定自己一定能考上北一女，但聯考只考上北二女（後來改稱中山女中）。北二女的制服是黑裙子、白襯衫，以色彩學來說，黑白配比黑綠配調和，可是當時我就是覺得北一女的制服漂亮。讀了半學期，我再也不能忍受，就休學了。

「第二年重考，還是考上北二女，一氣之下，決定過一年再考。到了第三年終於考上，如願穿上那身黑裙子、綠襯衫。

「記得開學不久，國文老師出了一個作文題目『我的求學經過』，我把連考三次的事老老實實的寫出來。隔了一天，國文老師找我談話，她劈頭就說：『我也是北一女的。』她翻出我的作文簿唸道：『我一直希望能穿上黑裙子、綠襯衫，因爲這是最漂亮的色彩組合。』她笑出聲來。

「我正感到奇怪，國文老師才說：『北一女的制服原來不是黑裙子、綠襯衫，改成這種制服時我讀高二，同學們都覺得綠襯衫不好看，推派代表向學校陳情，我就是學生會推派的代表之一。學校沒接納我們的陳情，我一氣之下就轉到北二女去了！沒想到妳們會愛死這身制服，這是我們當初做夢都想不到的啊！』」

奶奶說這段話時，我心中一直盤算著，她考三次高中聯考的事，不知爸媽知不知道？如果不知道，要不要告訴他們呢？（張百器）

既然大綠和大黑兩種顏色搭配起來怪怪的，也不符合穿衣的色彩美學，我很好奇，當初爲北一女設計綠色襯衫的人是怎麼想的？

我也不知道，不過這樣穿很特別啊！只要一看到綠色襯衫就知道是北一女的學生。

有趣的是，原本看起來並不美觀的色彩，到後來卻愈看愈順眼，甚至成

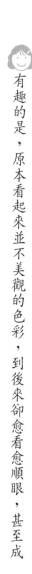

爲許多人嚮往的目標。社會的審美觀、價值觀等，也是如此，都是由群體中的多數個體共同創造，經過一段時間後變成大家遵循的標準。即使是原本看起來怪異的東西，只要有愈來愈多人接受，也會變成「正常」。

那反過來呢？現在北一女穿綠制服是正常，如果換掉綠色，是不是就不正常了？

觀念是可以改的，只不過有的容易改變，有的不容易改變。觀念改變後，標準也會隨著改變。十幾年前，台灣社會還不能接受男性留長髮，因爲人們覺得男性留長髮不正經。但是現在不一樣了，男性可以自由選擇長髮或短髮，人們也不再以異樣的眼光看待了。

小小點心師

肯定群體價值觀，追求自我理想

今天五年一班的家政課在做蛋糕，家政老師一邊查看大家的進度，一邊提醒：「注意哦！蛋白一定要打得很發，這樣蛋糕才會好吃，蛋糕也才會挺起來。」可是沒做過家事的孩子們哪知道什麼叫做「很發」呢？大家只覺得很好玩，能做出個蛋糕的樣子就已經很開心了。

唯獨張均偉很認眞的打著蛋白。雖然大家買的是現成的鮮奶油，但張均偉卻自己把鮮奶油加工成巧克力口味和草莓口味，而且在蛋糕上做了漂亮的裝飾！連家政老師也忍不住跟他要了一塊蛋糕帶回辦公室炫耀。

回家後，均偉小心的拿出蛋糕給媽媽看。那個漂亮的奶油蛋糕上用了特別的大理石紋巧克力片作裝飾，媽媽知道這一定是均偉自己設計的。均偉一邊吃著蛋糕，一邊說：「媽，我以後要當蛋糕師傅。」

媽媽早就知道均偉對製作糕點很有天份，所以笑著點頭稱許：「好啊！我們家裡有個蛋糕師傅，以後就不用買蛋糕了。」

「所以我不要唸高中了。」沒想到均偉卻接著這麼說。

「不唸高中？爲什麼？」媽媽嚇了一跳。

均偉很認眞的說：「高中已經不是義務教育，所以我不要浪費時間唸了，我要去學做蛋糕。」

當爸爸知道均偉的想法，並不認同，因爲做蛋糕只是興趣而已啊！

「均偉，你喜歡做蛋糕，以後可以去唸家政或食品營養學啊！」事實上爸爸心裡想，均偉是他唯一的兒子，他對均偉有很大的期望。除了做蛋糕，應該還有其他更有出息的事情做才對。

但是均偉很堅定，他認爲自己應該去蛋糕店學做蛋糕，上學只是浪費時間而已。媽媽沒辦法，只好去學校找家政老師談談。

家政老師知道均偉爸媽對均偉的期待，但是她也希望有一天均偉可以發揮他的才華，於是她收集了一些歐洲料理學校的資料給均偉看。

「均偉你看，蛋糕是從歐洲傳來台灣的，想做出最好吃的蛋糕，就應該去歐洲學。」

均偉看到資料，眼睛一亮。「嗯，我一定要去！」

「不過，去歐洲學做蛋糕，除了要對蛋糕有興趣之外，也要有語言能力哦！」

均偉不禁點點頭，他倒沒想過學語言這件事。

「老師建議你，無論如何都要繼續升學。」

「可是我不想唸高中。」均偉說。

「升學不一定要唸高中，你可以唸專科學校。除了繼續學做蛋糕、打好基礎外，也開始學外語及其他專長，爲未來做準備！」

均偉覺得家政老師說的很有道理，他決定要繼續升學，也要繼續做蛋糕。總有一天，他會去歐洲學做眞正好吃的蛋糕。

（吳書綺）

均偉好酷哦！居然不想唸高中。其實我也不太想唸書。我不知道唸書有什麼用，也不知道自己以後要做什麼，好羨慕均偉這麼清楚自己喜歡做的事情！

不管以後要不要繼續升學，你應該鼓勵自己去做自己喜歡做的事。如果現在還不清楚自己喜歡什麼，最好多找機會嘗試，也多認識這個世界，就比較容易找到答案了。

其實要認識自己、認識這個世界，閱讀是最便捷、最有效的途徑。前人經驗的累積與知識的整理，統統寫在書本裡給你看，這樣不是很方便嗎？

不升學會不會沒出息呢？

大家都說升學好，這是從過去的經驗所得到的看法。其實不是「升學好」，而是「讀書好」，因爲知識就是力量，有了學問可以讓我們更明理，更懂得過生活，也學會做人處世，這些東西未來統統用得上！

養成閱讀和學習的習慣，一生都會受用無窮。社會上有許多人學歷並不高，可是因爲不斷閱讀和學習，變得很有成就。所以嚴格說起來，不閱讀、不學習，才會沒出息。

看來我還是乖乖的讀書吧！

如果你覺得讀書很苦、很累，那是因爲你把拿文憑當成唯一的目的，對書本的內容失去了興趣。如果能從興趣出發，讀書就會變得很有趣了！

跳出生命框框的劉俠

看重自己，實現生命最大可能性

筆名「杏林子」的劉俠，因為出生的時候早產，身體虛弱，母親期許她健康強壯，就將她取名為「俠」。

劉俠的個性古靈精怪，深受父母的寵愛，但是沒想到，她在小學六年級的時候，罹患了類風濕性關節炎，從此一生飽受病痛的煎熬。

劉俠只唸完小學就臥病在床，不但行動不便，困在小小的房間裡，困在笨重的輪椅上，而且發病時全身關節腫痛，常痛得她躲在被窩裡掉眼淚。

父親看了十分不忍，安慰她：「別擔心，爸爸會一輩子照顧妳的。」當時有個男孩子喜歡她，也告訴她：「我以後要賺很多錢，照顧妳一輩子。」沒想到劉俠聽了這些安慰的話，反而升起了鬥志，不服氣的說：「我才不要一輩子靠人家呢！」

大概就是這種不服輸的個性，使劉俠沒有因病消沉，反而對生命充滿熱情。母親到圖書館借了很多書回家給她看，看書讓她暫時忘記疼痛，也爲她開了一扇看向世界的窗。她靠著自學，奠定了文學底子，後來提筆創作，抒發自己不向困境低頭的心境，她的文字不知鼓舞了多少徬徨失落的心靈。

在二十多年前，殘障者的處境要比現在困難得多，即使能自力更生，也不免受到大眾的歧視。劉俠親身感受弱勢族群所受到的不平等待遇，一直想做些什麼。

一九八二年，劉俠拿出自己多年來寫書的稿費和版稅，成立了「伊甸社會福利基金會」。這是殘障朋友的伊甸園，不但開辦職業訓練課程，讓殘障者學習一技之長，還提供心理輔導及成長課程，鼓勵殘障者勇敢走入人群，活得更快樂。

多年來，許多人都知道劉俠的病，但往往感覺不出她原是個病痛纏身的弱小女子。她曾說：「除了愛，我一無所有。」但也就是這滿滿的愛，使世界變得不同了！

（李美綾）

遇到不如意的時候，我們的反應是什麼？是不是怨天尤人，滿肚子牢騷：「爲什麼是我？爲什麼我這麼倒楣？」

我們會不會因爲自己長得不夠高、不夠壯，就自我安慰：「我跑得沒有別人快，跳得沒有別人高，這是沒辦法的事。」

我們會不會因爲自己長得不夠英俊、漂亮，就覺得自己很可憐？或因爲身體有缺陷，被人嘲笑，就覺得很悲觀、很想死？

比起劉俠坐在輪椅上行動不自由，我覺得自己真是幸運多了。

每個人的生命都是有限制的、有框框的，但是老天爺可沒規定人要一輩子活在生命的框框裡，不可以跑出來呀！

老天爺給了劉俠一個好小的框框，給她身體的病痛，讓她行動不自由。但是她不願意留在那個框框裡，一輩子倚賴他人，甚至每天等死。她立志要幫助同樣受身體障礙之苦的人。

結果她跳出了框框。

沒錯，而且她並不是自己一個人完成所有的事，而是號召更多人一起來做，讓更多人跳出自己的框框。

如果我是劉俠，我可能想不到自己可以做這麼多。

劉俠曾說：「我的愛有限，能力亦有限。然而，就好像棵苦楝樹，稀稀朗朗幾片葉子，卻不自量力的想要遮掩整片大地，拚了命似的把枝子掙扎向天極。」

跑馬拉松，靠的不是健全的雙腿，而是決心和毅力。建立豐功偉業，靠的不是才華或金錢，而是對每件小事的盡心和堅持。人們很少把自己的潛力完全發揮出來，不是因爲缺乏健康、才華和金錢，而是把這些條件當成框框，限制了自己，這樣不是很可惜嗎？

王明義的聲明

勇於表達自己的意見

前幾天收拾書架時，不經意的翻出小學時的紀念冊。那是一個簡陋的小本子，隨意一翻，兩行歪歪斜斜的字，把我喚回小學畢業前、同學們寫留言時的情景。

小學時我和王明義感情最好，王明義爲人木訥，功課中下，他的字總是寫得歪歪斜斜的，級任老師曾開玩笑說：「王明義啊！看到你的字，我就想起義大利的比薩斜塔。」

大約小學畢業前一個月，同學們都買來紀念冊，請老師和同學們寫些勉勵或紀念的話。當時我們年紀雖小，卻免不了虛榮，總是請功課好、字寫得好的同學寫在前面。王明義的功課不好，字又寫得差，免不了被別人「指定」寫在後面。

記得我們班上最先買紀念冊的，就是班長張志賢。他在紀念冊上用鉛筆輕輕的寫上同學們的名字，讓大家「對號入座」。或許因爲王明義的字寫得差吧，就被排在最後一位。

王明義這個人雖然木訥，但挺有個性，得知班長把他排在最後一位，他私下對我說，過幾天開班會，他要在全班同學面前說出自己的不滿。他囑咐我先不要說出去，他打算讓同學們大吃一驚。

我們開班會，照例由班長主持，級任導師並不參加。會議進行到「臨時動議」時，王明義站起來，理直氣壯的說：

「我的功課不好，字更不好，班長就把我排在最後。我現在聲明，任何同學的紀念冊，除非讓我寫在最前面，否則就不要找我寫！」

他的話語調鏗鏘，哪像平時拙於言詞的王明義！事後我問王明義，那天他怎能說得那麼順暢、有力？王明義對我說：「我對著鏡子練了幾百次啊！」

王明義的聲明在班上引起了不小的波瀾。要不要王明義寫在最前面的事好辦——大不了不找他算了；但請其他同學留言，一不小心就會得罪人。一些無聊的話在班上流傳：「某某人不先找我寫，分明是看不起我。」「某某人太臭屁，不讓我寫在前幾頁。」快畢業了，原本就浮躁的心情，被紀念冊事件弄得更靜不下來了。

後來級任導師知道了這件事的來龍去脈，就要求我們彼此按照座號的順序，在紀念冊上寫留言，算是化解了一場風波。我的紀念冊留言也是按照座號排序，但只有王明義例外，既然我和他最最要好，把他排在最前面，誰也沒有話說。

（張之傑）

王明義這個人真有趣！還事先對著鏡子練習講話。

不習慣對著人群說話的人，往往不知道該怎麼開口表達自己的想法和意見，也不懂得怎麼跟人溝通、討論。所以平時有機會就該多多表達自己的意見，這也是一種練習。

寫紀念冊又不是什麼大事，何必大驚小怪呢？

寫紀念冊是小事，可是覺得受到委屈、被人看輕，就應該勇敢的說出自己的想法，要求對方的尊重。如果在小事上不懂得表達，發生大事的時候，大概也不知道怎麼爭取了。

一定要說出來嗎？反正事情過去就算了。

班長因爲王明義的功課差、字寫得醜，就不尊重他，把他擺在紀念冊的最後一位，雖然這是班長個人的自由，但卻讓王明義的自尊受到傷害。其實王明義把自己的想法說出來，既能提醒全班同學，不要因爲有人功課差或字寫得不好看，就看不起他們，另一方面，也讓大家明白，不要因爲自己功課差就看不起自己啊！

主持班會

以負責任、理性的態度溝通

國中時，每週要開一次班會，這是我既怕又愛的時間。怕的是，可能會被抽中當主席；愛的是，只要不當主席，就可以輕鬆的過一節課。

導師規定我們：班會的主席、司儀、記錄、安排議題討論的小組，要以抽籤決定，抽好後不可以換，議題題目要在開會前兩週通知全班。抽籤的結果，我是第八週班會的主席。

等到我主持班會的時間終於來臨，眞是緊張得話都說不清楚，還好跟我搭檔的司儀很大方，使會議流暢的進行。例行性的幹部報告完畢，接著是議題討論：「如何加強本班的環境整潔」。

一時間，教室悄然無聲，我呆呆的站在台上，心裡又急又慌，不知所措，只得硬著頭皮，自己先開始。

「我們的教室環境已經很好了，爲了追求進步，讓我們來討論有哪些地方可以改進。」

依然寂靜無聲。同學們眞不夠意思，怎麼沒人發言！我這時才想到，以前開班會我也都不發言，好像一個旁觀者，根本沒參與，眞是活該！現在終於嘗到這冷漠的滋味了。我無助的望著老師。

老師說：「妳當主席，要設法引起大家討論的情緒啊！想想看，有什麼高招？」

經老師這麼提示，我請服務股長玉玲先發表意見。她說：「謝謝大家幫忙維持整潔，不過最近教室似乎比較髒亂，例如靠窗的牆面有墨漬、後排桌子下面常有紙屑。這些小地方都有待改進。」

沒想到玉玲一說完，坐在靠牆的阿凱立刻站起來抗議：「這牆上的墨漬又不是我弄的，妳爲什麼要講這個？」阿凱本來要繼續說，卻被老師制止。

老師說明：「周文凱，謝謝你的回應。不過下次請你先舉手，等主席同意之後再發言。再來，剛剛服務股長並沒有說牆面的墨漬是你造成的吧？如

果你覺得她說明得不夠清楚，也一樣可以舉手發言，請她補充說明。」老師說完，一時間全班靜默，沒人再發言了。我索盡枯腸，終於想到上個月班會曾有人用過的「腦力激盪」法。

我請每位同學至少要提出一種改進教室整潔的方法。這一招很有效，同學發言開始踴躍了。我正感到高興，平日最會放炮的阿皇發言：「你們說的都是老套啦！沒有創意。我有一個比大家好的方法……」他還沒說完，老師請他暫停。因爲他已經得罪全班同學了。

「雖然你有不同的意見，也應該友善的表達，否則就算意見再好也不會有人願意接受。」老師說。

愈來愈多同學舉手要發言，可是時間已經不多了，我作了簡短的結論，宣布班會結束。哎，我終於大功告成！

（吳嘉玲）

我在班會的時候很少發言，因為我不知道要說什麼。而且班上有些同學很愛發言，意見特別多，那就讓他們去講好了！

你是不是覺得意見多並不好？

有一點。我不喜歡看同學們爭得面紅耳赤，覺得很煩。要不是有老師在，大家可能要吵翻天了！

吵吵鬧鬧的確很討厭，不過開班會本來就是一個學習的機會，在老師的指導下，學習以民主的方式表達意見，與眾人作理性、平和的溝通。大家會吵鬧，表示還有需要學習的地方。平時就練習把自己的意見表達出來，以後才懂得爲自己及自己的團體爭取權益啊！

那場緊張刺激的拔河比賽

團結就是力量

我國中讀的那所學校，特別重視體能活動，每個學期都會舉辦一次運動會。學校不只注重個別運動選手的培養，也要求每位同學，在運動會中都要參加至少一項個人比賽。

運動會除了有競爭激烈的個人競賽項目，如賽跑、擲鉛球、擲鐵餅、跳高、跳遠等，還有許多團體競賽項目，如大隊接力、兩人三腳跳、蜈蚣賽跑、拔河等。其中最令人興奮、緊張的就是拔河比賽。拔河是全體同學都要參加的項目，各年級獲勝的班級，可以獲得一面精美錦旗，掛在教室的公布欄上，眞是光榮。

國中三年，我印象最深、也最難以忘懷的一次拔河比賽，是在三年級下學期的那一次。

記得在練習拔河的時候，導師詹老師教導我們：「拔河的時候，大家要蹲著，不要站起來，以免身體重心不穩，力氣使不出來。」

到了比賽開始前，詹老師召集了全班同學，圍成一圈，叮嚀我們：「拔河時一定要堅持到底，絕不放鬆。大家只要聽從老師的口令，動作一致，就可以產生最大的力量。」

拔河的第一輪，我們充滿了信心，而且謹記著詹老師的叮嚀，於是很快的就把對方拖拉過中線。第二輪時，對方不甘示弱，開始反攻，彼此你來我往拖拉了很久，結果我們班一時鬆懈，被拉過去了，造成兩邊平手，所以還要再賽第三輪。

這最後一輪，攸關勝敗之戰，雙方的士氣和鬥志都很高昂，氣氛自然也是緊張得不得了。

第三輪眞是艱苦，雙方你來我往的拉鋸著，僵持了很久還是分不出勝負。時間一拖長，大家的體力都有些不支，不過雙方仍緊緊握住那條大繩子不放鬆，癱在地上動彈不了。就在這時候，詹老師突然揮舞著班旗，來來回回的在我們身邊跑著，而且大聲喊著：「三年七班加油！三年七班團結一定贏！」他還一個個大聲呼叫我們的名字，要我們奮戰到底。

聽見他那特大的嗓音，喚我們的班名，喊我們的名字，大家突然就像吃了大力丸，精神一振，跟著詹老師大吼：「加油！加油！」沒一會兒就把筋疲力竭的對方拖拉過來了。

裁判宣布我們班贏了！我們興奮的圍著詹老師歡呼，要不是老師鼓勵我們團結，這場拔河比賽還不知道誰輸誰贏呢！老師爲了替我們加油打氣，喊叫過度，嗓門啞了，過了好些日子才復原呢！（吳嘉玲）

我們學校的運動會每次都有拔河比賽，我參加過好幾次。

那你一定知道拔河的訣竅囉！

老師教過我們，拔河的時候要蹲著，瘦的同學排前面，胖的排後面。全隊往後拉的時候動作要一致，所以要有一個人在隊伍旁指揮、喊口令；

大家聽口令做動作，才會整齊劃一。記得有一次我們班得了亞軍，真的好感動！

爲什麼？

平常我們班就像一盤散沙，大家只關心自己的事，對班上的事務都不肯用心，所以每週的整潔、秩序比賽，我們班都是吊車尾。可是在拔河比賽的時候，大家為了獲勝，為了爭取團隊的榮譽，變得非常團結，不但打起精神認真準備，還互相鼓勵打氣，最後終於獲勝了！

的確，團體的力量往往比單獨的個人要大得多。不過要是很多人在一起，卻不懂得團結，不但無法產生力量，反而更容易被擊潰。要產生很大的力量，需要團體中的所有成員同心協力、團結一致才行！

躲避球風波

合作比對抗更有力量

「喂！回家前先打一場躲避球吧！」下課鐘聲剛響起，大偉就抱著球大喊。班上的男生一片歡呼，急著往外衝，衛生股長美芳看了趕緊大叫：「等一下！你們要先打掃啦！」

最後跑出教室的國棟，回頭應了一句：「等一下再掃啦！讓我們先打一場再說！」

不一會兒，男生全跑光了，女生們覺得很不甘心，沒有人要幫男生打掃，所以男生負責的區域都沒有掃。打掃完的人都回家了，可是美芳必須留下來，等所有人打掃完、檢查過後才能回家。

麗華看不過去，對美芳說：「我去叫他們回來！」

麗華是班上的「大姐頭」，最愛主持正義，她跑到球場去叫男生回來，可是那些臭男生打得正激烈，根本不理她，不是說「等一下啦」，就是說「妳去幫我們掃嘛」。大偉甚至激她：「不然用躲避球來決勝負啊！輸的人要幫贏的人打掃，怎樣？」

「好，你們等著瞧！」麗華氣極了，回教室找女生商量，大家聽了都很生氣，覺得男生太過分，本來已經收好書包要回家的人，也決定留下來給男生一點教訓。

男女兩隊上場，經過一陣廝殺，女生陸續出局了，只剩下三個女生。她們丟球的力氣雖然沒有男生大，卻比男生更會躲球，再加上出局的女生在外面圍攻男生，最後反而是男生輸了！麗華得意的催促他們回去打掃，男生們不服氣，約定明天再來挑戰。

第二天，男生們一開始就採快攻策略，趁女生還沒進入狀況，迅速的展開攻擊，結果贏了比賽。

由於贏球的一方就不必打掃教室，所以男生和女生幾乎天天打躲避球決勝負。這種對抗的氣氛延續到平常的上課時間，男生和女生什麼事都要互爭輸贏，緊張得很。

導師發現最近班上火藥味特別重，了解了原因之後，想出一個辦法。當班上在爲六月的運動會選出各項競賽選手時，陳老師特別指定要全班參加躲避球比賽。

「我看你們天天在打躲避球，球技一定很好，我認爲很有希望拿冠軍。」陳老師說。

「老師，我們不必跟女生一起組隊就會贏，組隊反而會輸呢！」大偉說。

「他們男生耍賴不打掃，我們才不要跟他們組隊呢！」麗華不服輸的說。

「學校規定要男女生共同組隊才能參加，難道大家想放棄嗎？」既然陳老師這麼說，大家只好勉爲其難的選出十個男生和十個女生組成躲避球隊。

剛開始練習的時候，男生和女生之間還在對抗，老覺得對方不好，動不動就吵起來。而且大家的默契不足，常爲了躲球或搶著接球而撞在一起，外圈的攻擊手們甚至會打到自己人！眼看著比賽的時間愈來愈近了，許多人開始擔心。

爲了加強團隊默契，身爲隊長的大偉提議增加練習的時間，但如果每天都要等男生或女生打掃完才能一起練習，實在太浪費時間了！於是大家同意

放學後一起動手打掃。

有了共同的目標後，練起球來更有勁了，大家的默契也愈來愈好。到了運動會當天，他們果然成爲最耀眼的隊伍，一路過關斬將，拿到全年級躲避球比賽冠軍。

（吳書綺）

男生一國，女生一國，這種現象好像很常見哦！

有時候我們班上也會分成兩國，如果有男生捉弄女生，女生就會團結起來對付男生。

班級裡常會形成小團體，彼此競爭、較勁。團體之間的競爭，如果是良性的，常能帶給雙方進步和成長，因爲想要贏過對方，就會更加強自己的能力。而且在競爭時，更能體會團結的重要。

嗯，比如說在整潔、秩序比賽或運動會的時候，大家就會團結起來的。

人與人組成群體，是很自然的現象，彼此合作、互助，對大家都有利。平常打打鬧鬧沒關係，在需要合作的時候，就應該放棄對立，不分你我，迅速的建立默契，才會發揮最大的力量！

小琳的花園

創造善與美，從自己做起

小琳剛搬到台北華清社區時，發現鄰居們彼此搶車位，關係很冷漠，有時甚至還在街上吵起架來，讓從小在鄉下長大的她覺得很不習慣。

小琳最不喜歡的，就是每戶人家門前的大盆栽，那是用來佔車位的，根本就不是爲了美觀。

有一天，同班同學佳惠送給小琳一盆非洲鳳仙花，不過因爲還沒開花，不知道是什麼顏色。小琳把花放在家門口，細心的幫它澆水、撿枯葉，期待它能早點開花。

一天放學回家，小琳在撿枯葉的時候，隔壁的林奶奶走過來，好奇的問她：「這是妳種的花啊？」

林奶奶就是在家門口放了兩棵小樹盆栽佔車位的人之一，小琳常常聽到她跟鄰居吵架，所以有點怕她，不過還是笑著回答：「是啊，是班上同學送給我的。」

林奶奶看了看，又說：「妳種的非洲鳳仙花，是什麼顏色？」

「您一看就認出來了啊？」小琳很驚訝的說。

「是啊，非洲鳳仙花很容易認嘛。」林奶奶說。

小琳忽然覺得，林奶奶不像平常那麼兇，也不像大家說的那麼難相處，而且對非洲鳳仙花知道的很多，就忍不住和她聊了起來。

從林奶奶口中，小琳知道非洲鳳仙花有很多種顏色，是一種很容易種的花，於是便趁著假日，請爸爸帶她去花市買了幾盆。當她忙著把花擺在門口時，林奶奶又走過來了：「妳這次買的是已經開花的啊！」

小琳一邊整理花盆，一邊說：「是啊！您不是說顏色多一點更漂亮嗎？」

小琳買多了，門口放不下，就對林奶奶說：「我買多了，送您一盆，放在小樹底下好嗎？」

林奶奶看著小琳把鳳仙花拿到小樹底下，心裡很感動。她每天為了幫兒子佔車位，常和人吵架，弄得脾氣不好，最後連孫子都不喜歡她了。這幾

天，她跟小琳聊得很開心，小琳送花給她，更讓她的臉上出現了笑容。

林奶奶覺得門口放花比放小樹好看，而且也可以佔車位，就把小樹搬走了。不久，林奶奶又買來很多盆非洲鳳仙花分送給鄰居，許多住戶的門口開始出現一盆盆鮮豔的花朵，從此華清社區變美麗了，鄰居們也不再爲了搶車位而吵架，華清社區變成小琳喜歡的地方了！

（吳書綺）

你認爲一盆花眞有這麼大的魔力嗎？

應該是小琳主動跟林奶奶表示友好，打開了林奶奶的心房吧！

在都市裡，人與人之間的關係比較疏離，雖然大家都很希望改善冷漠的關係，可是卻沒有人知道該怎麼踏出第一步。小琳就是自己先主動走了這一步，才改善了和鄰居的關係。

可是也許鄰居不會接受呢！也許反而會被罵，說她也想佔停車位。

日久見人心。小琳開始種花的時候，並沒有特別的目的，只是單純的種花、美化環境，送花給林奶奶也只是出於好意，但是卻無意間影響了林奶奶，也進一步改善了與鄰居的關係，這是意料之外的收穫。

原來如此。所以我不必期望會有什麼收穫，只要是好事，就值得去做了，是不是？

嗯，古人有句話：「莫以善小而不爲，莫以惡小而爲之。」就是這個意思。每個人對群體都有一定的影響力，別小看了自己。只要能從自己做起，多注意自己的言行、多做好事，發揮一點一滴的影響力，就能讓世界更美好！

李家同

談教育中的弱勢群體
用全力保護下一代

（李美綾）

李家同，美國加州大學柏克萊分校電機博士，曾任靜宜大學及暨南國際大學校長。大學時期開始到醫院、監獄義務服務，目前在台中啓明學校及新竹德蘭中心為學生補習數學及英文。著作有《讓高牆倒下吧》、《陌生人》、《鐘聲又再響起》（聯經出版）、《幕永不落下》（未來書城出版）、《一切從基本做起》（圓神出版）。

您義務替學生補習功課，是怎麼開始的？

十幾年前，我從美國回台灣，在新竹的清華大學教書，從那時候開始就在德蘭中心爲學生輔導課業，一星期去一次。我教學生就跟一般補習一樣，學生在學校上課聽不懂的部分，我就幫他補足，幫他搞懂。

您在輔導學生課業的過程中，留意到有一群學生在教育中處於弱勢，問題出在哪裡？

教改爲了減輕學生的負擔，把教科書變得很薄，內容很淺，例題和練習題都很少。但是要通過升學考試，光看教科書卻不夠，學生必須買參考書、上補習班，在這種情況下，那些買不起參考書、進不了補習班的學生就變成弱勢，即使智力不錯，也會因此落後。

學校往往不太注意這群弱勢的孩子，使得許多學生並沒有達到最基本的學力，這樣即使勉強升學，也只是假象。我認爲在國中的階段，還是要對畢業生的學力作控管。對於主要科目，應該要求基本學力，例如國文不好，應該繼續唸到一定的程度才能畢業，由教育部定出最低的標準來。

但是教改的支持者反對這類事情，他們只想讓孩子快樂的學習。教改不管弱勢團體的教育，他們根本不知道世界上有弱勢的學生。

您曾建議出版便宜、好用的參考書來幫助家境比較窮的孩子？

以英文來說，我曾出版了一本簡單的英文書（《專門替中國人寫的英文基本文法》）。從前的英文教科書裡沒有中文，但這本裡頭有中文，而且盡可能解釋得非常清楚，例如have和has的文法，花了很多篇幅解釋，也提供了很多的練習題。我認爲這是好的教科書，至少對於弱勢的學生來說。我現在在寫國中數學的教科書，希望提供很多的例題和練習題。不過即便如此，我認爲像這樣的事還是應該由教育部來負責，政府的力量是滿重要的。

功課不好及家境不好的學生，困境何在？

我發現功課不好的學生也往往是家境不好的，而那些犯罪的也是家境比較窮的，這是一種惡性循環——家境不好的學生比較容易功課不好，也比較容易走入歧途，這種小孩以後也會繼續家境不好。

我認爲唯一的辦法就是從中間切斷，用全部的精力保護下一代，也就是保護學生，幫助他功課變好，不要變壞。

在偏遠地區，學生不見得會變壞，但是因爲功課太差，以後要讓家境變好的希望是很小的。例如學力測驗只考一百一十分，只能去唸很不好的學校。城市裡的小孩如果家境不好，就容易變壞、犯罪。這些孩子的家庭往往無法適應工業化的變化，跟不上社會的浪潮而被邊緣化，過得很辛苦。有些家長沒受過什麼教育，只能打工，有的常常喝醉酒，有的甚至在監獄裡。像這樣的家庭，必須靠老師來教育小孩子。

家長沒有能力教小孩，小孩往往只能自暴自棄，最後走入歧途。我記得看過新聞報導，南部有個大哥死掉，告別式的排場很大，我看到很多汽車，也看到很多年輕人穿著制服出現在那裡，這些不可能是有錢人的小孩子。我想只有當全國的注意力放在這上面，才會有改變的希望。

以民間的力量可以如何協助弱勢的孩子？

教育的問題相當複雜，許多事情需要政府來推動，例如撥經費給學校買書。不知道爲什麼，政府可以花六千多億買軍火，卻不撥三億（每年每個學生一百元）的經費給學校買圖書，或許教育部根本不在乎！

許多孩子的主要問題是功課不好，大多數人根本無法升學，有的勉強進入很不好的學校，也是浪費錢。台灣有百分之七十的學生是在私立學校唸書，他們的功課不好、家裡又窮，許多人最後也只能輟學。

現在在南投埔里有一個博幼基金會，專門請暨南大學的學生提供家教服務，目前服務的對象是埔里鎮及南投山地部落中家境不好、功課不好的國中生及小學生。像這樣幫助有問題的小孩，讓他的功課好一點，功課好起來後，犯罪的機率會變得小很多。因爲他對自己開始有信心，使他將來有可能脫離貧困。

在群體中實現自我

大家都在做的事，為什麼我不能跟著做？
朋友來邀我，我都不好意思拒絕！
看到有些同學很優秀，心裡又羨慕又嫉妒……
多數要怎麼尊重少數呢？
學校的規定真多，讓我們自由一點不行嗎？
做了好事，應該讓別人知道嗎？
有什麼辦法，可以讓這個世界變得更好？

被哥哥騙了

聰明，就是不要隨便學人家

小時候我哥哥很愛捉弄我們。那時他已經是國中一年級的大男生了，而我們這群老愛跟著他屁股後頭亂轉的小跟班，年齡從四歲到十二歲都有。我們動不動就要回家打小報告，不然就是帶著更小的小跟班。遊戲玩到一半，他不是要照顧跌倒的妹妹，就是要拉開和別人打架的弟弟，所以覺得煩。當他很煩時，就會捉弄我們。

記得有一次大家在學校玩遊戲，沒多久又像往常般吵了起來。就在有人吵架、有人生氣，鬧得不可開交時，哥哥已經不知去向了。我很緊張，怕他會丟下我一個人先回家，所以急著找他。

「哥哥！哥哥！等我啦！」我大叫著。大家看我要走了，也急忙找鞋子準備跟上來。

還好，哥哥就站在校門口。不過很奇怪，他把頭仰得高高的，站在那兒動也不動，不知道在看什麼。

「是什麼東西啊？」我站到他旁邊，順著他目視的方向，抬起頭來猛瞧。

我還瞧不出個所以然，就聽見有人問：

「是什麼東西？」

然後就是七嘴八舌，許多聲音不斷加進來問：

「是什麼東西？我也要看！」

我低頭一瞧，哇！我們這群小毛頭全都圍著我哥哥，同樣仰著頭努力瞧。至於外圍那群更小的小跟班，還在努力鑽著頭，想擠進來看個究竟。

那到底是什麼東西呢？

「哪有什麼東西啊！我只是脖子扭到而已。」哥哥終於低下頭，丟了這麼一句風涼話。

「哥，你也太過份了吧，這樣整我們！」我很替大家打抱不平。

「這是今天我們童子軍老師教我們的遊戲，叫做『不要隨便學人家』。記住！以後不要太好奇，尤其不要看大家做什麼，就跟著做什麼！」哥哥一副很有學問的樣子，聽起來好像有點道理。

不過我才不生氣他騙我呢，因爲第二天，我就迫不及待到學校去騙別的同學了！而結果呢？當然是如願以償。

可見這世上盲目相信別人的呆瓜，還眞是不少呢！

（戴淑珍）

大家都在做的事，為什麼我不能跟著做？

一個人做事多半有原因，比如餓了就想吃飯，想唸大學就用功讀書。當你知道自己爲什麼做一件事，去做才有意義。如果只是看到別人在做一件事，不去搞清楚爲什麼要這樣做，就直接模仿別人，那對自己來說是沒有意義的。

就像故事裡一群人跟著作者的哥哥，在找自己也不知道是什麼的東西，最後才發現被愚弄了。

大家是覺得好奇才跟著做啊！

換做是我，我也會很好奇，也很想看看是什麼東西。好奇心可以讓我們發現新鮮的事物，不過也可能使我們做出盲目的行爲。例如在火災現場常常有許多人圍觀，這雖然滿足了好奇心，卻也同時妨礙了救災工作及影響自身安全。

另外，有些人學別人的行爲，内心深處其實是害怕對自己的行爲負責任。會說出「因爲大家都怎麼樣，所以我就怎麼樣」這種話的人，往往無法在群體中擔當責任、服務眾人，而且萬一做錯了事，就會立刻把責任推給群體。

劉邦的勝利

知人善任，唯才是用

秦始皇死後，各地的英雄豪傑紛紛起來反抗秦朝的暴政，在反抗軍中，以項羽的實力最強。

項羽出身貴族，受過正規教育，學過文學、劍術和兵法。他二十四歲就率軍與秦軍決戰，取得決定性勝利；二十六歲自封「西楚霸王」，成爲全國最有權力的人物。然而，叱吒一時的項羽，四年後卻被劉邦逼到烏江邊自殺，這是爲什麼呢？

在項羽、劉邦的爭霸戰中，起初項羽擁有四十萬大軍，劉邦只有十萬，加上項羽勇冠三軍，因此在歷次大小戰役中，項羽很少打敗。然而，項羽有一項致命缺點，使他終究敗在劉邦手中。

項羽最大的缺點，就是仗著自己勇猛善戰，不信任手下的將領，更不聽從他人的勸告。相反的，劉邦雖然出身貧賤，在起兵抗秦之前，只是個小小的「亭長」（相當於現在的里長），但他懂得善用人才，在「漢初三傑」——蕭何、張良、韓信等文臣武將的輔佐之下，終於打敗出身貴族的項羽，取得最後的勝利。

當項羽、劉邦等起兵抗秦時，大家約定，誰先攻進秦朝的國都咸陽，誰就當關中王。劉邦採用張良的計策，趁著項羽與秦軍決戰，率先攻進咸陽，接著項羽的大軍也開到了。項羽有位謀士，叫做范增，他勸項羽請劉邦過來宴會，趁機把劉邦抓起來。

劉邦接到項羽的邀請，不敢不去，但他在宴會上對項羽說：「我哪敢當關中王，我是幫您開道的啊！」項羽一高興，就把劉邦放了。范增很生氣，後來就辭職不幹了。

除了范增，項羽還有很多人才，「三傑」中的韓信，就曾經跟過項羽，卻因受不到重用，轉而投入劉邦的陣營。項羽一切但憑自己的喜惡，舉例來說，在分封諸侯時，決定把首都設在他的家鄉彭城，很多人勸他應該以全國政治、經濟、文化中心的咸陽爲首都，項羽不但不聽，還生氣的將勸他的人都殺了。

劉邦在眾多人才的協助下，愈戰愈強；項羽雖然很少打敗，但眾叛親離，戰鬥力愈來愈弱了。後來項羽和劉邦達成協議，雙方以鴻溝爲界。就在項羽遵守協議、率軍東歸的時候，劉邦接受張良等人的建議，從背後偷襲楚軍。項羽且戰且退，退到垓下，被劉邦的軍隊重重包圍。此時張良教士兵高唱楚國的歌曲，項羽的軍隊以爲劉邦已攻下楚國，再也無心作戰，最後項羽在烏江邊拔劍自刎而死。

經過近五年的奮鬥，劉邦終於打敗項羽，建立了漢朝。

（張志遠）

劉邦是貧賤出身，憑什麼打敗項羽？

劉邦建立漢朝後，曾分析自己成功的原因：「說到運用謀略、決勝千里之外，我不如張良；安撫百姓、補給軍糧，我不如蕭何；指揮百萬雄師，戰必勝，攻必取，我不如韓信。有這三位俊傑的幫助，才是我能得到天下的最大原因。項羽只有一位范增，又不能信任他，這就是他失去天下的原因。」

劉邦了解張良、蕭何和韓信各自的專長，並讓他們各司其職，充份發揮團隊的力量，才能打敗出身貴族、又勇猛善戰的項羽。

為什麼各種人才都願意為劉邦效力？

在劉邦所網羅的人才中，張良出身韓國貴族，蕭何是劉邦的同鄉好友，韓信則原只是軍隊中的小雜役。但不論這些人的出身爲何，劉邦都能依其能力予以重用。「唯才是用」讓劉邦能廣納天下英雄，成爲擊敗項羽的最大本錢。

劉邦怎麼知道每個人的才能呢？

劉邦曾問韓信，他們兩人各可以指揮多少軍隊，韓信回答他：「陛下最多能帶十萬大軍，但臣則是指揮的兵愈多愈好。」劉邦聽了很不服氣，韓信解釋說：「陛下指揮軍隊的能力雖小，卻有管理將領的本領。」

在群體之中，每個人依自己的能力，扮演好自己的角色，群體才能順利的運作，發揮力量，也就能突顯出每個人的價值。

愛打抱不平的文聰「老大」

伸張正義要用對方法

我們班上有一位男同學，名字和幾年前電視連續劇裡的大壞蛋一樣，叫作文聰，只不過他姓關不姓劉。關文聰人高馬大，說話嗓音宏亮，而且超愛打抱不平，所以綽號叫「老大」。

某天放學前，大家正在做掃除工作，卻看到「小不點」林小薇突然哭著跑回教室來。

「小不點妳怎麼了？有人欺負妳嗎？」關文聰正好看見這一幕，連忙拉開嗓門大聲問。

林小薇哽咽的說，她將前庭掃完後，正打算回教室，結果打掃中庭的六年三班男同學卻故意把樹葉全堆到前庭來，還說中庭前面的臺階應該由六年八班負責才對。

「他們還說我們班是骯髒班。」小不點說著又哭了起來，幾個女同學忙著過來安慰她。

關文聰一聽，直衝的脾氣如火山爆發般，直嚷著要去找那些男生「單挑」。其他幾個男同學也附和說掃除區域分配不公平，我們班的掃除區域比六年三班大多了，他們居然得了便宜又賣乖。

愈說愈生氣，連每逢整潔比賽衛生股長互相評分時，三班那個「眼鏡猴」股長老是給八班最低分的「舊帳」也被翻了出來，關文聰氣不過，大聲說：「實在太不公平了，我們班的名聲都被踩在地上，我一定要伸張正義！」

說完，他跑到教室後面拿起掃帚，準備往六年三班直奔而去。

「老大！先別急，我想應該還有更好的辦法。」一向沉著冷靜的周文賢，一看苗頭不對，趕緊跟上去。

「我非伸張正義不可。眞是狗眼瞧人低！」關文聰一臉氣憤。

「這樣好了，你暫時忍耐一天，等我明天想出個好辦法來對付三班。」周文賢心想，先用緩兵之計免得關文聰惹麻煩上身，再趕緊找導師吳老師商量該怎麼做。

隔天早上，吳老師一進教室便說：「我昨天聽說林小薇的事了，同學覺得掃除區域分配不公平，我會再和三班的導師討論。至於三班男同學惡劣的行徑，除了讓導師處罰之外，同學還有沒有其他意見？」

「要讓他們曉得我們班的厲害！」「老大」立刻舉手發言。

吳老師心裡早就有了盤算，於是說：「沒錯，老師也這麼想，所以我提議，下星期整潔比賽我們想法子打敗三班，如何？」

「這樣能伸張正義嗎？」「老大」不解的問。

「大家覺得怎麼做才是伸張正義呢？是報復對方？還是用更高明的方法，讓對方曉得，即使是強勢的一方，也不可以隨意欺負弱勢？」老師說。

「我希望同學了解，『以牙還牙』並不是解決問題的好方法，兩班能和睦相處才是最終目標。」老師看了關文聰一眼。

「老大」默默的點了頭。

接下來的那個星期，大家同心協力做好掃除工作，「老大」還吆喝強壯的男同學幫女生掃地。當比賽結果揭曉，我們不但如願打敗六年三班，還榮登全年級第一名，真是出了一口氣，全班都興奮得又叫又跳。

（王一婷）

「以牙還牙」並不是伸張正義的好方法。如果我們因一時氣憤難平而逞匹夫之勇，傷害到他人，可就得負起法律和賠償責任；要是不小心傷害到自己，那豈不是「賠了夫人又折兵」嗎？

我看電視劇裡的好人都是自己動手處罰「壞蛋」，這樣才算是大快人心，不是嗎？

壞人該得到什麼懲罰，不是由我們自己來決定的，因爲我們的正義標準，不見得就是眞正的正義。如果每個人都用自己的標準伸張正義，只會讓社會更亂、是非更多！

我們想親自伸張正義，往往只是因爲覺得受委屈，想發洩怒氣罷了，並不是眞的要講道理。要講道理，就應該遵守社會的道德規範和法律。

還有，電視劇爲了製造戲劇效果，常設計讓人物冤冤相報，這和現實生活是有差異的。

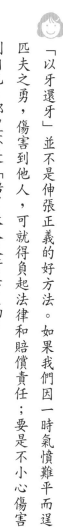

可是壞人沒得到報應，實在太不公平了！

俗語說：「不是不報，時候未到。」想要讓壞人「立刻」得到報應，只是爲了讓我們自己的心情覺得好過；但只有讓做壞事的人接受法律的制裁，才能眞正保障我們的權利。

難忘的週末派對

保護自己，免得誤觸法網

以前看到電視新聞報導，青少年聚集在一起嗑藥、開搖頭舞會，我都覺得距離我這種素行良好的「乖乖牌」十萬八千里，但是上週末的一次驚魂派對，卻澈底扭轉了我的想法……

有一天，我的死黨心如一早到校，便拉我到教室外頭，神祕兮兮的說：「巧吟，我的網友米奇約我週末在XX Club見面，我好期待哦！他還要我找妳一起去。」

「XX Club……這好像不太適合國中女生吧！」我有點猶豫。

「應該沒什麼吧，米奇說那只是個唱歌跳舞的地方，我們又不喝酒，應該不會有問題。」

好吧，我想反正兩個人作伴可以壯壯膽，於是我們便翹掉週六的補習

課，到XX Club去。

才一進場，我們就像是《紅樓夢》裡進了大觀園的劉姥姥一樣，被眼前絢麗多彩的燈光和震耳欲聾的熱門音樂給震懾住了，舞池裡黑壓壓的全是舞客，而且穿著都相當大膽。

「心如，我好緊張。」

「我也是，這裡的音樂好吵哦！米奇不知道來了沒？」正當心如四下張望，忽然，一個身材高瘦的男孩子穿過人群，走向我們：「嗨！妳是心如吧，我就是米奇。」

我看著眼前這個頭染金髮、全身嘻哈裝扮的男生，怎麼都和心如平常口中說的斯文優秀、就讀明星高中的網友搭不起來？

米奇跟我們聊了幾句，便說要給心如一個見面禮，之後就消失了。過了一會兒，米奇和另外三個男孩子一起出現，還很神祕的把我們帶到一旁，拿出兩顆紅色的小「藥丸」說：「這就是見面禮，很貴哦！吃了以後保證妳們會很high！」

「high？」我頓時心中覺得怪怪的，想到這該不會是「搖頭丸」那一類的吧！如果吃了，豈不變成「搖頭族」？但這是「見面禮」，如果不吃，米奇會不會生氣？

米奇看我爲難的表情，繼續說：「別怕啦！這沒什麼，我們都吃過，感覺眞的超爽。」他的朋友也在一旁鼓吹，叫我們一定要試試看。

我覺得有點不妥，但又覺得不好意思拒絕，不知該怎麼辦，於是看了看身旁的心如。心如沒立刻回答好不好，卻說：「哎喲！我好像老毛病又犯了，在人多的地方會讓我呼吸困難，我想和巧吟到外頭透透氣。」

我們才剛走到外頭，心如卻突然奇蹟似的恢復正常。

「心如，這怎麼回事啊？」我問。

「米奇似乎和在網路上聊天時不太一樣，而且那種吃了會很high的『東西』讓我覺得毛毛的，所以我假裝身體不舒服，先溜爲妙。」心如說。

「這樣也好。」我鬆了一口氣，「看來我們兩個還是遠離這種是非之地比較妥當。」

（王一婷）

真是替心如和巧吟捏了把冷汗！如果她們沒想到法子脫身，吃下米奇給的小藥丸，不知道會發生什麼事。

是啊，一群朋友在一起，往往會聽從其中一、兩個人的意見而行動，大家爲了表示都是「同一國」的，即使覺得有問題也不說，有時便整群人惹出麻煩或甚至誤觸法網。

不和大家做一樣的事，可能會被認為「不合群」呢！

群體的意見是怎麼形成的？是團體所有成員一致的共識，還是一、兩個帶頭者的個人主張？群體的意見不一定是對的，也不一定是最好的，還是要經過自己的思考和判斷再行動。

老實說，我常常不好意思拒絕朋友。

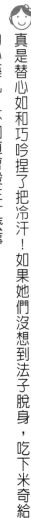

朋友的意見的確會影響我們，所以交什麼朋友很重要。每次要做決定時就想想看，對朋友說「好」會有什麼結果？說「不」又需要付出什麼代價？你會不會爲了讓朋友接納你而想辦法討好他們？眞正的朋友，會因爲你的意見跟他們不一樣而跟你斷絕往來嗎？

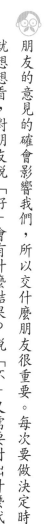

最後的勝利者

沒有團體的支持，個人很難存活

在我們家，每個人喜歡看的電視節目都不一樣，只有一個節目，深受全家人喜愛，那就是每個週末晚上播出的《我要活下去》。這個節目很有趣，每次製作單位會挑選比賽者到人煙罕至的地方，讓他們孤軍奮鬥，看看誰能撐到最後。

有一集的內容很精采，製作單位從六千多位報名者中挑選到剩下十六位，再將他們分成兩隊，每隊八個人，送到馬來西亞附近的一座荒島上。在三十九天內，隊員們要一起生活，除了要搭帳篷、打獵，還要應付一大堆突發的狀況。

每次的挑戰，獲勝的那一隊可以得到免死金牌，平安的回去睡覺。至於輸的那隊，就要大家投票淘汰掉自己的一位隊員，被淘汰者必須馬上搭機離開小島回家。淘汰到最後，剩下最後兩位時，再由之前被淘汰的那些隊員，選出他們心目中的冠軍。冠軍可以獲得一百萬美元獎金。

這個遊戲看起來很殘酷，但是也很眞實，因爲現實生活也是如此，每個人爲了求生存，既要打敗他人，也要別人的幫忙。尤其是別人的幫忙更重要。印象最深的是其中一位參賽者史黛西，她的能力很強，什麼事都能處理得很好，而她也用同樣嚴苛的條件要求同伴。最後她因爲太強烈的指揮性格受到眾人排擠，竟然在第三天就被淘汰出局，連她自己都覺得很訝異。

你一定很想知道，最後的冠軍是誰？答案是來自美國羅德島的理查。

理查的表現並不傑出，好像是團體中可有可無的人物，但是他有一項別人無法取代的技能——捕魚。爲了不要餓肚子，或者吃老鼠維生，大家都想留住理查，所以到了最後，隨著參賽者一個個出局，擁有捕魚技術又沒有侵略性格的理查，就脫穎而出了。

得到冠軍的理查說出他的得獎感言：「其實環境的險惡與飢餓都不是我最煩惱的事，最困難的部分在於如何與人相處。我們全都是陌生人，來自各階層，在求生存的壓力下，不但要互相競爭，還要互相合作，得到其他人的信任，這是最難的。」

至於其他人是如何看待理查呢？獲得亞軍的魯迪說：「聽理查說，其實真實生活中的他，是非常非常愛乾淨的人。可是這一次，他完全不顧自己的形象，融入了當地生活，不只得到隊員的肯定，也得到當地人的友誼，我想這是他獲勝最重要的原因。」

從這次的影集中，我最深的感想就是，在團體生活中最後的生存者，往往不是那些能力最強的人，反而是那些能得到最多支持的人！（戴淑珍）

我也看過這個節目，我覺得最可惜的是喬依，大家一直很喜歡他，而且他有過人的體力，是團體裡不可或缺的人物，可是竟然被淘汰出局。

我也覺得不可思議，我猜可能是其他人改變策略吧！一開始是淘汰體力不佳或無法適應的人，接著就傾向於淘汰掉具有冠軍相的人，以確保自己能夠獲勝。

這樣說起來好像太不公平了，表現好的人不能留下來，反而留下一些資質平庸的人。

我想世界是很現實的。在一個團體中，條件最好的人，不一定能生存得最好，而我們認爲的好條件，也不一定是別人眼中認爲重要的條件。畢竟我們是群居的動物，如果少了別人的支持，仍然孤掌難鳴，而喬依就是最好的例子。

秋季旅行

少數服從多數，多數尊重少數

國中時，每年都會舉辦一次遠足或旅行，地點本來是由學校決定，到了國二，學校換了校長，新校長主張民主，旅行地點改由各班自己決定。

當導師告訴我們旅行地點可以自己決定時，同學們都很興奮。不過導師說，校長交代，旅行地點必須能當天往返，所以較遠的地方不能考慮。導師讓我們好好商量一下，多提幾個地點，班會時投票表決。

康樂股長的舅舅開遊覽車公司，他很快就打聽出當天往返仍可去很遠的地方。他舅舅建議，可以去桃園復興鄉的拉拉山看神木，或到宜蘭冬山河，或到苗栗的獅頭山……。康樂股長想去拉拉山，他說：「我舅舅答應給我們打七折，一個人八百元就夠了。」

「八百元！」幾位家境比較不好的同學都說太多了：「上學期到野柳，一個人不到一百，怎麼一下子變成八百了？」

康樂股長連忙解釋：「從前我們都是搭火車或客運，這次包遊覽車，價錢當然不一樣！」

「難道不能搭客運嗎？」

「我問過舅舅了，搭客運的話，就得在拉拉山過夜，沒辦法當天往返。」

那時正是「台灣錢淹腳目」的時候，班上多數同學家境都不錯，八百元對他們來說不是問題，但是有七位同學表示，如果要花這麼多錢，他們就不想參加了。

多數同學認爲，這七個人不去就算了，反正贊成包遊覽車的人多，旅行地點不是說投票表決嗎？

導師知道了這個情形，立即召集大家講話：「眞正的民主，除了少數服從多數，還得多數尊重少數。這樣吧，我再給你們加上個限制，就是只能搭乘大衆交通工具，不能包遊覽車。在這個前提下，你們再仔細想想。」

爲了將就那七個人，原先想去的拉拉山、冬山河、獅頭山……都不能去了，大家高亢的情緒一下子跌到谷底。改去哪兒呢？大家連討論的心情都沒

有了。班長把我們提議的地點寫在黑板上，有些人很認眞的提議，有些人只是起鬨，不一會兒黑板上已寫滿一大串名單。經過表決，票數較多的前三名是：十分寮瀑布、小油坑硫磺谷、鶯歌陶瓷博物館。

班會那天正式投票，表決的結果，十分寮瀑布十九票、小油坑硫磺谷十七票、鶯歌陶瓷博物館十六票。十分寮瀑布我唸國小時就已經去過了，不免覺得有些失望。

沒想到旅行那天，導師特地請來一位研究地質學的朋友爲我們講解瀑布的成因，讓大家增長了見聞，回來後都覺得不虛此行。

（張百器）

少數服從多數我知道，但為什麼多數要尊重少數呢？他們明明人比較少，為什麼要考慮他們的意見？

民主制度常以投票做決定，投票的結果對多數人有利，但並不表示少數人的權益就應該被漠視啊！他們只是意見跟多數人不一樣而已，意見跟別人不一樣並不是「錯」，不應該因此受到較差的待遇，甚至被懲罰。

可是要多數尊重少數，會不會變得很難做事？如果為了少數人而改變決定，那原來的投票表決不就沒有意義了嗎？

眾人一起投票表決，目的就是爲了有機會聽到每個人的意見，不管這個意見是跟多數人相同，還是跟少數人相同。如果可以的話，當然最好能兼顧所有人的意見，找到兩全其美的辦法，但眞的做不到的時候，至少不要讓少數人覺得是爲多數人「犧牲」。如果多數人硬要少數人犧牲，就會形成蠻橫的「多數暴力」，使得看起來是民主的投票，骨子裡卻是專制的決定！

約法十誡

和權威和平共處

讀國二那年，我們班的導師王老師是全校最嚴格的。上課第一天，王老師就宣布了許多規定，包括上課不可以遲到、不可以講話、不可以睡覺、不可以傳紙條；在教室不可以喧鬧、不可以奔跑、不可以打架等。我們把這些規定戲稱爲「約法十誡」。

班上多數同學都能遵守約法十誡，只有少數同學覺得被管得很煩，尤其是阿華，簡直已不能忍耐了。

記得那一次，王老師正在上課，看見阿華伏在桌上，老師喚了他三聲，他都沒反應。鄰座的同學用手拍拍他，沒想到阿華忽然抬頭罵那位同學：「我睡覺干你什麼事？」罵完，又繼續伏在桌上假裝睡覺，不理老師和同學。

王老師安慰那位同學說：「不要理他，我們繼續上課吧！」沒想到老師才說完，阿華坐起來，拿出書包，把課本和文具收進書包裡。

「你在做什麼？」老師問。

阿華回了一句：「做什麼，妳管不著！」

「現在是上課時間，就要遵守上課的規定，怎麼可以隨心所欲？」老師鎮靜的說。

阿華不作聲，站起來，背著書包走向教室門口。

「學校規定，上學中途離校，要有正當的理由，否則要有家長來學校接。」老師說。

阿華回了一句：「我爸媽也管不了我！」便站在門口，瞪視著前方。

此時，教室裡鴉雀無聲，氣氛僵得很。當我們正面面相覷時，老師從講台走下來，到阿華身旁，拍他的肩膀，說：「還剩十分鐘就下課了，你忍耐一下，等下了課，你要去哪兒，就去哪兒吧。」

阿華聽了，沒說什麼，便走回座位坐下，繼續伏在桌上睡覺。不久下課鐘響了，這堂課就在不安的氣氛下結束。下了課，阿華仍然伏在桌上。老師看了，也沒說什麼，就走出教室。

中午，阿華的媽媽因爲接到老師的電話，特地趕到學校來。她不停的向老師道歉，還抱怨阿華升上了國二之後，變得非常叛逆，常和長輩頂嘴，她眞不知該如何是好。

老師了解阿華的狀況後，除了建議家長多跟阿華溝通想法，也開始特別關心阿華，常找他幫忙做事，例如搬教具、發作業，有時還找阿華一起打籃球呢！每次阿華幫老師做了什麼，老師就會當著全班稱讚他，說他聰明又熱心，而且球打得很好。

阿華本來覺得幫王老師做事很彆扭，但是後來漸漸發現，王老師並不是他以前所想的那麼愛發號施令，只會管東管西。相反的，王老師很有耐心，而且眞的關心學生。他終於體會老師訂定上課規矩的用意。

到了學期末，有一天阿華的媽媽又到學校來了。這次她特別來向王老師致謝，因爲阿華最近「變了」，不但願意跟家人好好講話，也會主動幫忙做家事，和以前比起來簡直判若兩人！

（吳嘉玲）

阿華很酷哦！不過王老師還真有耐心。

王老師雖然定了很多規矩，讓人覺得囉唆、嚴格，但她的目的並不是要讓學生受罪，而是要爲所有學生維護一個適合學習的環境。

我也很討厭學校的一大堆規定，有時候真的覺得好煩哦！

在小學階段，學生比較能接受師長的指導；上了國中以後，進入了「青春期」，因爲快要變成大人了，會想追尋「自我」，證明自己可以獨立自主，這時候特別不喜歡師長的約束，有什麼規定都想去挑戰、反抗。

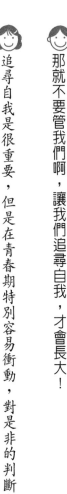

那就不要管我們啊，讓我們追尋自我，才會長大！

追尋自我是很重要，但是在青春期特別容易衝動，對是非的判斷也還不夠成熟，如果沒有師長從旁指引，容易做出傷害自己或他人的事而不自知，例如嗑藥、飆車、輟學、加入幫派等，其後果可能會影響終生呢！權威很「礙眼」，但若能從正面的角度看它，了解它的用意，是可以找出跟它和平共處之道的。

校工老劉

犧牲小我，維護大我

記得國小六年級時，學校來了一位校工，他的右額有一塊疤，從額頭一直連到眼眉，把右眼都扯歪了。這還不說，他的右手只剩下手掌，五根手指幾乎都不見了。

這位校工姓劉，老師們都叫他老劉，我們背地裡也這樣叫他。導師說，老劉是退伍軍人，曾經在戰場上立過大功，我們應該像尊敬英雄一般的尊敬他。可是老劉的長相實在嚇人，他剛來學校時，同學們沒人敢靠近他。

老劉的右手殘廢了，校長讓他當門房，但他個性倔強，其他校工做的事，他都爭著去做，他能用一隻手掃地，還能搬桌椅呢！

漸漸的，我們發現老劉的性情很溫和，就不再怕他了。後來和他熟了，常跑到傳達室找他說話。老劉是廣東人，但鄉音不重，他的話我們基本上都能聽懂。老劉說，他十七歲就當兵，「部隊裡都是北方人，我根本就沒機會說廣東話嘛！」

我們問老劉，身上的傷是怎麼來的，他總是把話題岔開，不願意回答。有一天，學校舉行聚餐，老劉喝了不少酒，我們一走進傳達室，就聞到一股酒味，他的酒量似乎不大，臉變得通紅，額頭上的疤變得又紅又亮。我們看出他醉了，就去提了一桶水，把毛巾蘸濕，遞給他擦臉。老劉很感動，他接過毛巾，對我們說：

「你們不是想知道我怎麼受傷的嗎？我就告訴你們吧！

「民國四十七年，金門發生震驚世界的『八二三炮戰』，那時我就在金門二膽島，率領一個班的弟兄駐守一個碉堡。四十四天內，金門落彈四十七萬發，國軍死傷慘重，但大家抱定抵抗到底的決心……」

「你就是這時被炮彈炸傷的嗎？」有人打斷老劉的話。

「不是。」老劉繼續說下去：「炮戰過後，共軍常派水鬼──就是蛙人──來摸哨，每天晚上，我們要派出兩個弟兄，在碉堡外五十公尺站崗。即使如此，碉堡裡的弟兄仍得保持警覺，不能好好的睡覺。

「有一天，風特別大，弟兄們都說，風這麼大，水鬼應該不會來了，就相繼呼呼大睡。我是班長，不敢大意，就靠著牆閉目養神。大約半夜一點鐘，聽到有東西倒下去的輕微聲響，就悄悄的打開堡門，出去看個究竟。

「堡門剛打開，就有個東西扔進來，我意識到那是顆手榴彈，不假思索的抓起來，轉身走出碉堡，剛扔出去，轟的一聲，我就被炸得不省人事了。

「那天，水鬼用飛刀幹掉了我們站崗的弟兄，要是我不出去查看，要是我不把那顆手榴彈撿起來扔出去，碉堡裡的弟兄就全完了！」（張百器）

老劉真勇敢，他不怕被手榴彈炸死嗎？

老劉知道，如果不趕快把手榴彈撿起來扔掉，整個班的弟兄都會有生命的危險。

遇到危險的時候，想辦法保住自己的性命，這是人之常情。但是有些人在危急的時候，卻能以群體的利益爲先，這樣的精神，眞的很令人感佩。

如果我是老劉，不知道那時會怎麼辦。

在危急的時刻，我們常常會因爲緊張或害怕而不知所措，可是在那個當兒其實沒有時間讓我們想，我們必須立刻做選擇。對老劉來說，他的選擇有兩個：「把手榴彈撿起來」或「逃命」。群體的利益始終對他很重要，所以他做了最好的選擇，也就是盡可能保住弟兄們的性命。如果我是他班上的弟兄，我會很敬佩他。

班上的弟兄都在呼呼大睡，哪裡知道自己快沒命了！

當危險來臨時，我們都知道要特別小心；可是一旦覺得危險遠離了，往往就開始有鬆懈的心。而鬆懈正是對手或敵人乘虛而入的好機會，往往也是事情成敗的關鍵啊！

普愛衆生的證嚴法師

小女子，發大願，成大事

慈濟功德會在台灣是家喻戶曉的慈善團體，目前的會員有四百多萬人，它的創辦人就是證嚴法師。

證嚴法師是台中縣人，從很年輕的時候就顯現悲天憫人的情懷。在她十五歲的時候，母親因爲罹患胃病要開刀，在那個時代，動手術的風險很大，證嚴掛心母親的安危，就發願吃素，並自願減壽十二年，來爲母親祈福。

二十歲時，證嚴的父親過世，這個打擊讓她對生命產生疑惑，當時她剛好有機會接觸佛法，思考人生到底要怎樣才算幸福。她認爲，自己雖然是女兒身，但並不一定要侷限在一個家庭裡。女人也可以像男人一樣，爲社會貢獻及付出，而且還可以把對家庭的愛推廣到社會，去愛天下的衆生。

二十五歲那年，她在花蓮出家了。出家人就是要出世修行，爲什麼證嚴後來會創辦慈濟功德會，入世做各種慈善、救濟的工作呢？

她出家後的第四年，有一次到花蓮的一家診所探望一位長輩，走進診所，看到潔淨的地板上有好大的一灘血，看了讓人心驚。這是怎麼一回事？是什麼人的血流成這樣？那個人現在怎麼了？

旁邊有人告訴她：「人已經抬走了！那是一個山地來的婦人要生產，四個男人從豐濱抬著她，走了八個小時的路來這裡，可是因爲繳不起保證金八千塊錢，所以又被抬回去了。」

「怎麼有這種事？」證嚴聽了非常震驚，而且很擔心那個婦人的安危。「流了這麼一大灘血，究竟是死是活？是一條命，還是兩條命？」難道人命不值那八千元嗎？

她想到佛經裡說的「千手千眼觀世音，救苦救難活菩薩」，如果世界上每個人都有救人、愛人的心，就等於是觀世音的「千手千眼」，每個人都是「活菩薩」，可以隨時隨地救苦救難。於是她立志要組織一個團體，把救苦救難的精神傳播到各處。

因此證嚴法師和四名弟子成立了「佛教慈濟功德會」，開始的時候會員只有三十名。她要求會員以積少成多的方式，每天省下五毛錢。會員們問她，既然要存，爲什麼不每個月一口氣存十五塊錢？

證嚴說：「不一樣，每天當你把五毛錢投進存錢筒裡，這是同時把節儉的心和救人的心存在一起，會產生很大的力量！」

於是，會員們到處向人宣揚每天存五毛錢救人的功德會，這樣一傳十、十傳百，加入救濟行列的人愈來愈多，凝聚了無比的力量，也造就了舉世聞名的慈濟志業。（李美綾）

不是說「為善不欲人知」，證嚴法師卻叫信徒去宣揚慈善救濟的行動，這樣是不是有矛盾？

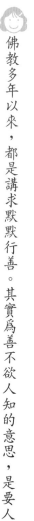

佛教多年以來，都是講求默默行善。其實爲善不欲人知的意思，是要人們別爲了獲得別人的讚揚才做好事。

默默做好事，是很好的美德，但如果宣揚出去，可以引發更多人參與，

做更多好事，那就更好了！慈濟功德會的會員很多，每個人都做救人、愛人的工作，累積起來的力量非常驚人。慈濟的志業從台灣開始，將愛人的力量傳播到其他國家，只要有華人的地方就有分會。

常常看到慈濟會員在世界各地行善，那證嚴法師到底是怎麼做的？

證嚴法師看起來是個纖弱的女子，但是她的理想非常遠大，相信只要是對人群有益的事情就堅持下去，最後終於成就許多好事。證嚴法師曾謙虛的說，這一切並不只是她一個人的功勞，的確，正如她自己說的，一個人的力量有限，要凝聚眾人的力量才能改變世界。但是也別忘了，因爲有她，這一切才有了開始。

人爲什麼要立志呢？因爲當你的志向純正，又能獲得別人的認同，就會有很多人來幫你一起達成這個志向！

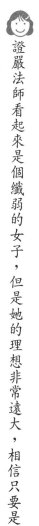

尋找桃花源

理想社會，在每個人的心中

西元二六五年，司馬炎篡魏，建立了晉朝。這個朝代只維持了五十一年就滅亡了，其後晉朝的宗室司馬睿在南京建立政權，史家就把建都洛陽的晉朝稱爲西晉，建都南京的晉朝稱爲東晉。東晉維持了一〇二年，剛好是西晉的一倍。

西晉是中國最殘暴、最腐敗、最虛僞的朝代之一，東晉稍微好一些，但知識份子仍然朝不保夕，很多人就產生了「出世」的思想，希望脫離齷齪的現實，在另一個世界中尋求身心安頓。

東晉的大詩人陶潛（陶淵明），寫過一篇有名的散文〈桃花源記〉，藉著一個虛構的故事，敘說自己心目中的理想社會。他多麼希望有個「桃花源」，讓他能逃進去，再也不要出來！這篇散文很短，以下是它的白話譯文。

東晉時，武陵地方有個人以捕魚爲業。一天，他沿著溪流向上游划去，不知不覺間，兩岸出現了一片桃花林，沒有一棵雜樹，綠油油的草地上落滿桃花，美麗極了。他繼續向前划，過了桃花林，來到溪流的源頭，迎面是一座山，山下有個洞，隱約透露出亮光。由於好奇，漁人就下了船，進入山洞看個究竟。

起初山洞很窄，只能容得下一個人，走了數十步，眼前豁然開朗，出現了一片平地，還有池塘、道路、房屋，住家附近種著桑樹、竹子，人們的穿著不像本國人，但男女老幼看起來都很快樂。他們看到漁人，十分吃驚，問他從哪兒來的，漁人老實回答，大家把他請回去，熱情的招待他。

當地人說，他們的祖先因逃避秦朝暴政，來到這裡，從此就和外界斷絕了音訊。他們問漁人現在是什麼朝代？漁人告訴他們是晉朝，但他們連漢朝都不知道，更不要說魏、晉了！漁人在那裡住了幾天，臨辭別時，當地人叫他千萬不要把他們的事說出去。

漁人出了山洞，找到自己的船，順著來時路划回去，一路留下記號。回到郡城，他把自己的經歷報告太守，太守派人跟著他留下的記號去找，但迷

了路，沒能找到。有位讀書人，計畫親自去拜訪，還沒成行就因病而死，此後就沒人再探究此事了。（張青蓮）

真的有「桃花源」這種地方嗎？

恐怕沒有。桃花源的情景只是陶淵明個人的想像而已，但其中的寓意值得我們深思。在東晉那個時代，政治黑暗，社會虛偽，人們才會特別嚮往一個自由、和平、沒有爭端的地方。理想社會往往是群體的共同願望，相信陶淵明所描述的桃花源，一定也是當時許多讀書人心目中的理想社會。

這麼說，現代人心目中的桃花源，應該會有所不同囉？

理想社會因時代而異，不同民族所嚮往的理想世界也有所不同哦！例如

愛斯基摩人心目中的天堂是個溫暖的地方，沙漠民族嚮往的天堂是個水草豐美的地方。你猜猜看，台灣人所嚮往的理想社會是什麼樣子呢？

我不知道別人怎麼想，不過我最嚮往的是一個自由自在、不用做功課的快樂世界！

有沒有看出來，人們對於生活中所缺乏的事物會特別的渴望，於是就希望在理想世界中獲得滿足。你說你嚮往自由自在，也許那正反映了你現在覺得自己沒有自由、受到拘束、功課太多。當你發現這一點，就清楚自己需要的是什麼，也許不必眞的去尋找那個世界，而可以想辦法在生活中做改變！

有道理，明天就去找老師「陳情」，請老師減少家庭作業，這樣我的理想世界才會實現！

孫越 談義工經驗

無數的人都在做對的事

（李美綾）

孫越，浙江餘姚人。童年在戰亂中度過，青年時從軍，並隨軍到台灣，此後展開演藝生涯。早期多演出反派角色，後改走詼諧路線，深受歡迎。一九八一年受洗為基督教徒，矢志傳播福音及從事公益。一九八三年以電影《搭錯車》獲金馬獎最佳男主角，事業正值巔峰，卻宣誓每年以八個月時間獻身公益。一九八九年結束演藝工作，「只見公益，不見孫越」，以終身義工為職志。

什麼原因讓您決定全心投入公益活動？

過去在我的行業中，我很努力，也還算是成功的人。但是成爲基督徒後，我發現過去只是在爲自己而活：我自己的家庭很好，但社會上有些人卻不見得能跟我一樣，所以我開始想爲別人做些事。

曾經有六年的時間，我每年用八個月做公益，但後來我體會到，這樣會有遺憾。我的時間有限，必須選擇做最能讓我滿足的事，那就是公益的推動，而不是戲劇的表演。

對於公益活動，我絕對會有過濾，並不是所有的事我都參與，我自己清楚我在做什麼。

我關心的是人與人的關係，所以選擇的公益活動都跟「自己」有關，例如器官捐贈、安寧照護、臨終關懷、監獄受刑人等。我認爲，如果一個人因爲某種觀念或信心而有所改變，往往可以影響到他的家庭，整個人生也會跟著不同，我認爲這樣很有意義。

您身為許多團體的終身義工，通常都做哪些工作？

我現在每個禮拜一會去台灣各地的監獄、看守所探訪受刑人，禮拜四則去醫院的愛滋病房及腫瘤病房探視病人，這些是我長期以來的工作，也都是我想做的事。

可以談談探訪受刑人的經驗嗎？

我是基督教更生團契的義工，更生團契會固定安排讓義工和受刑人見面。有時是以團體的方式，由我來對一群受刑人講話，至於有特殊情形的，或是受到獄方託付的受刑人，我們會做個別的輔導。

例如考上台大但兩度無法入學的楊姓受刑人，我曾主動找他談，提醒他從別人的角度來看這件事，請他想想自己做過的事如何影響到別人對他的看法。因為自己做過的事，必須自己去面對。我覺得這不是同情，而是將心比心。我關心受刑人，是要讓他們了解到自己因為什麼原因而導致這樣的結果，並鼓勵他們悔改。

又如陳進興，我鼓勵他：雖然他已沒有將來，但可以寫下一些東西讓世人知道，價值觀的錯誤會影響人生。他後來出了兩本書，也寫過「給青少年的忠告」刊登在聯合報。

不管是受刑人、病人，我都要求自己以關心和接納的態度跟他們相處，而不是去同情或指責他們。我想我們的社會缺少的就是接納吧！像愛滋病患一直以來都被這個社會所歧視，我想不只要了解和防治這個疾病，更要緊的是接納患病的人，這些人也許是我們的家人，也許是陌生人，但我們不要從心裡跟他們有隔絕。

去病房探視病人，有什麼事情讓您印象特別深刻？

每次我去護理站，會先看病人的名單，看有誰在病房裡、有誰離開了、有誰新進來，然後才一一到病床去探視。我的習慣是，跟病人面對面，拉著他的手，接著摟住他，跟他講話，也跟他週遭的人講話，最後則跟所有人圍著一起禱告。

但是有一天，我進到某個病房，看到一個滿身潰爛的人，這時我的人雖然往前走，但我的心卻在後退！我繼續走過去，在很短的一、兩秒鐘內，把自己拉回來，仍然上前跟他握手、說話、摟住他，然後跟他一起禱告。

那天回家，我的心情很沉悶，路過我家附近的一個小教會時，便進去找牧師，請他為我禱告。我說我從來沒有這樣的現象，今天卻突然這樣，我不喜歡自己看到病人滿身潰爛時的反應！我跪下來讓牧師為我禱告，然後便放聲痛哭。

從這件事情我發現，我會對人產生喜歡或不喜歡的看法，這些內在的東西是我不喜歡的，可是它會出現。雖然我沒有表現出不喜歡的行為，但是我有那個想法。這成為一個提醒，後來我不斷藉著讀經和禱告，去親近我想關懷的人。

這也說明一件事，人家看我孫越是好人、大善人，這對我來說不重要，重要的是我對自己的省察，我發現自己仍然有一些東西是上帝不喜悅的。

您身為董氏基金會的終身義工，隨時勸人戒菸，可是看到很多人還是在吸菸，會不會覺得沮喪？

不會。換另一個角度講，從過去人家對我們吐口水，到今天「菸害防制法」能三讀通過多年，這就是進步。現在有人能拿出勇氣勸人不要吸菸，或提醒眾人「我有權拒吸二手菸」，這就是進步。我覺得可貴的是，台灣有許多公益團體都在提醒大家，爲大家帶來人性好的一面，例如反省、關懷、憐憫、勇氣。

我們不能單靠某一本書、某一個人去產生影響，但是無數的人都在做一些對的事，對下一代絕對是有幫助的。

The Eurasian Publishing Group
圓神出版事業機構
用心與你對話・視野無限寬廣
圓神出版社
Eurasian Press

http://www.booklife.com.tw　　inquiries@mail.eurasian.com.tw

說給我的孩子聽 03

面對人生的10堂課——個體與群體

發 行 人／簡志忠
出 版 者／圓神出版社有限公司
地　　址／台北市南京東路四段50號6樓之1
電　　話／（02）2579-6600・2579-8800・2570-3939
傳　　真／（02）2579-0338・2577-3220・2570-3636
郵撥帳號／18598712　圓神出版社有限公司
副總編輯／陳秋月
主　　編／林慈敏
策　　劃／簡志忠
審　　定／張之傑
套書主編／李美綾
插　　畫／張振松
責任編輯／李美綾
校　　對／李美綾・傅小芸
美術編輯／劉鳳剛
排　　版／莊寶鈴
印務統籌／林永潔
監　　印／高榮祥
總 經 銷／叩應有限公司
法律顧問／圓神出版事業機構法律顧問　蕭雄淋律師
印　　刷／龍岡彩色印刷
2005年5月　初版

定價 250 元　　ISBN 986-133-066-6

國家圖書館出版品預行編目資料

面對人生的10堂課．個體與群體 / 林慈敏主編.
-- 初版. -- 臺北市 : 圓神, 2005[民94]
面； 公分. -- (說給我的孩子聽系列 ; 3)

ISBN 986-133-066-6（精裝）

1. 親職教育　2. 父母與子女

528.21　　94004314

請貼郵票

圓神出版事業機構 收

105 台北市南京東路四段50號6樓之一
Tel：02-25796600 Fax：02-25790338

對折黏貼後，即可直接郵寄

說給我的孩子聽系列　**面對人生的10堂課**

說給我的孩子聽系列　**面對人生的10堂課**